リョータ
Ryota
リョータファミリーのリーダー。
過労死して転移した
レベル1の男だが、
この世界では最強の
スキルを持つ。

「ウサギはニンジンのためならなんでもする」
「たっだいまー。プルンブムちゃん面白い子だね」
「アリス、今プルンブムっていったか？」
アリス
Alice
ファミリーのメンバーで、ダンジョンで生まれ育った。モンスターと心を通わせることができる。
イヴ
Eve
ファミリーのメンバーで、キリングラビットとあだ名されるウサギ。リョータのニンジンに執着している。

# CONTENTS

# 260.（税）金目当て

「ヨーダさん、お客様なのです」

夜、屋敷のサロンでくつろいでると、エミリーが俺を呼びに来た。

「お客さん？　誰なんだ？」

「初めての方なのです、どうするですか？」

「とりあえず会おう」

「分かったです、ここに案内するです」

エミリーはバタバタとサロンから出ていった。

こんな時間に初めての客か、どんな人で何の用だ？

「リョータ、酒場行こう酒場」

エミリー達を待ってると、今度はアウルムがやってきた。

彼女はもはや相棒と化したミニ賢者のミーケを抱いている。

「酒場？」

「うん！　あの人が一杯いていろんな話を聞ける所」

「なるほど、そういうのがすきなんだもんな」

「うん！　だから行こうよ。ねえ、あたしがおごるから」

アウルムはそう言って、手をかざして、金塊を出した。

ひとつで時価400万ピロの金塊をピラミッド積みだ。

さすがアウルムダンジョンの主、黄金の化身。

「いやいやいや多い多い。そんなにいらない、酒場に行くのに」

「どうせならみんなにもおごるし！　酒場は本当面白いし、その価値はあるよ！」

「本当に気に入ったんだな」

「うん！　だから、ね！」

「行くのはいいんだけど――」

「ヨーダさん、お待たせなのです」

エミリーが客を連れてサロンに入ってきた。

五十代くらいの男で、ちょっとくたびれてる感のある、過疎化した商店街のオヤジって感じの人だ。

「――お客さんが来てるんだ」

「そっか……残念」

アウルムは手をかざして、金塊を消した。

聞き分けがよくてあっさり引き下がったが、シュンとしてるのが見てて可哀想になった。

「代わりに明日行ってやるから」

「本当⁉」

「ついでにいろんな人に声掛ける。ただ飯ならみんな食いついてくるだろ」

「――っ！　ありがとうリョータ！」

アウルムは俺の首に腕を回して抱きついて、チュッ、と頬にキスをしてきた。

そのまま上機嫌でミーケを抱きしめ、スキップしてサロンから立ち去った。

「……ゴホン」

俺は咳払《せきばら》いして、改めて、と来客と向き合って。

「変なところを見せて済みません。俺が佐藤亮太《さとうりょうた》です」

初めての人だから、一応敬語にした。

社畜――いやサラリーマン時代の名残というか、当然のマナーだ。

「デールと申します。あの……失礼ですが今の方は、アウルム様……ではありませんか？」

「そうだけど？」

頷《うなず》くと、デールの目の色が変わった。

「本当に精霊様と住んでいるのですな。しかもさっき金塊を消したのも、精霊様のお力なのですな」

「あ、ああ」

あまりにもテンションが急上昇したから、逆にこっちが若干たじろいでしまった。

自己紹介が一通り済んで、エミリーは来客用のお茶を淹《い》れにいったんサロンを出て、俺はデールと向かい合って座った。

「それで……なんの用でしょう」

「私、テトラミンのダンジョン協会の会長を務めさせていただいてます」

「おお」

テトラミンか、毒っぽい名前だな。

「単刀直入に申し上げます！　我がテトラミンに活動拠点を移してはいただけませんでしょうか！」

「うん？　活動拠点をって…………引っ越せってことか？」

少し考えてから聞き返すと、デールはおずおずと頷いた。

「はい！　リョータ様を迎えるにあたり屋敷を用意させて頂きました。ちゃんと訓練されたメイドつき、ドロップの買い取りもすぐ近くに買い取り屋を用意させます。これらはもちろんお仲間全員にも――さらに」

「さらに？」

メイドつき屋敷以外にもあるのか。

「我がテトラミンが持っているダンジョン・プルンブム。全階層の免許をもちろん発行させて頂きます」

「プルンブム……鉛か」

「え？」

「いや、こっちの話だ。ふぅむ……」

なんか変な話だな。

いきなり来て、屋敷とか用意するから俺らの所に来いって言うのは。

何かがある、なんだろう。

「……即答は出来ない、何日か考えさせてくれ」

「ありがとうございます！　是非とも前向きにご検討を！」

デールはメチャクチャ体を乗り出してきた。

意図は分からないが、必死さは伝わってきた。

☆

「あはは、それは税金目当てだよ」

翌日の夜、約束通りアウルムを酒場・ビラディエーチに連れてきたら、居合わせたネプチューンと飲む事になった。

昨夜の事を酒の肴《さかな》に持ち出すと、ネプチューンは楽しげに笑いながら答えてくれた。

「税金？」

「キミはもう少し自分の影響力を知った方がいい。リョータファミリーは今何人いるんだい？」

「俺とエミリーと、イヴにセレストにアリス、あとミーケか。ああ、クリフファミリーとマーガレットファミリーも入るのか？」

「後半はともかく、直系だけで6人だね。で、税金は？」

「は？」

「キミたちが一年間払う税金はどれくらいになるのかな」

「税金……どうだったかな」

あまり気にした事なかった。

そもそもこの世界での冒険者の税金は把握しづらい。

買い取りの度にちょこちょこ引かれてるからな。

「10億ちょっと」

「イヴ⁉」

隣のテーブルで、ビールとニンジンでほろ酔いしていたイヴが会話に合流してきた。

「低レベル一家の税金は10億いってる」

「そんなにか？」

「低レベルのくせに高額納税者」

「へえ」

「って事だね。キミたち一家を招ければ、税収で街が潤うってわけだ。しかもテトラミンは最近過疎化が進んでるからね。同じ10億でも、シクロとは比較にならないくらいの価値になるよ」

「なるほどなあ」

謎は全て解けた、って気分だ。

まさかそういう話だったとはな。

「ちなみにキミほどの人間が引っ越すとなると大変な事になるよ。街同士のケンカ――いや戦争になる」

「そんな大げさな……いや、そうでもないか」

10億という金はそれだけのものだ。

ネプチューンも言ってた、テトラミンは過疎化が進んでいるって。

俺がデールにもった第一印象、過疎化した商店街のオヤジってのは当たってたんだ。

そういうところからすると、10億は冗談抜きで生きるか死ぬかって話になるだろう。

しかし――。

「テトラミン、それにプルンブムが、過疎った原因はなんだ……？」

街から、ダンジョンから人がいなくなったって事だよな。

うーん。

「ふっ」

「……なんだ」

「キミの悪い癖が出たな、って思ってね」

「俺の悪い癖？」

「ああ、予言が必要かい？　キミは引っ越さないけど、明日にはテトラミンに向けて出発しているよ。何とかならないかってね」

「…………」

俺は苦笑いした、確かにそうだ。

もう、そんなつもりになっている。

過疎ったテトラミン、それにプルンブムダンジョン。

実質助けを求めてきたんだ、なんとかできるのならそうしたいと思った。

# 261．インサイダーの起点

家に帰ると、エルザが玄関で待ち構えていた。

「お帰りなさい、リョータさん」

「ただいま。どうかした？　なんか複雑そうな顔をして」

「ええ、実はマスターがさっきまで来てました」

「マスター？　ああ、『燕《つばめ》の恩返し』」

エルザは小さく頷《うなず》いた。

「さっきまでって事は、もう帰ったのか？」

「はい、状況がものすごい勢いで変わったので、こうしちゃいられない、って」

「状況？」

玄関から上がり、とりあえず落ち着こうとサロンに向かいつつ、ついてくるエルザに聞く。

「まず、マスターは確認に来たんです。リョータさんが本当にテトラミンに行くのかって。本当に行くのなら考え直してって説得しに来たみたいです」

「なんで説得……って、大口顧客だからかな」

「はい。リョータさん達がいなくなっちゃうと、うち、赤字になっちゃうらしいです」

「ええ!?　そんなに？」

「利益分がまるまる吹っ飛ぶって言ってました」

「そりゃ……止めにも来るよな」

サロンに入り、ソファーに座る。

話のスケールが妙に大きくて、自分の事って感じがしない。

「でも帰ったのか？　説得もしないで？」

「はい。なんか、もういくつかの買い取り屋がテトラミンに出店するために動きはじめたらしいです。このままじゃ出遅れてしまう！　ってマスターが」

「出遅れも何も……もし俺が向こうに移っても『燕の恩返し』との取引を打ち切るつもりはないけど？」

目の前のエルザがいる限りは。

彼女は『燕の恩返し』から派遣されてきた、いわば出向社員的な存在だ。

とはいえ、屋敷に部屋を作って、寝食を共にしてると情が湧く。

名目上の所属は違うが、ほとんど仲間のように思っている。

「ありがとうございます」

エルザは頬を染めて、ややうつむいた感じで答えた。

彼女の反応を見ても、同じような事を思ってくれてるみたいだ。

そのエルザがいる以上、当面は付き合いを『燕の恩返し』だけにするつもりなんだが。

「でも違うんです」

「え？」

「マスターが言ってました。『連中！　サトウさんがテトラミンを再生させると確信してるから、今のうちに場所取りをするつもりなんだ』って」

「……つまり」

「はい、リョータさんが参戦すると確実に息を吹き返すって見られてます。でも当然だと思います」

「え？　当然って？」

「リョータさん、再生の達人って言われてますから。インドールにサメチレンにフィリン、今まで連戦連勝ですから」

「再生の達人って、そんな風に言われてたのか。って、俺のあだ名いくつあるんだ？」

最近よく、気がつけば新しいあだ名をつけられてる状況なんだけど。

「だから、マスターは急いでテトラミンに向かったんです」

「なるほどなあ」

「それも上手くいかないみたいだよ」

「うわ！」

エルザとは違う声がして、びっくりした。

声の主を見ると、エミリーに案内されてきたイーナがそこにいた。

エルザと同じ『燕の恩返し』の従業員、彼女の親友。

前に依頼されて、実家の八百屋のために特産スイカを納入するようにした事もある。

そのイーナがやってきて、楽しそうに笑っている。

「イーナ、上手くいかないってどういう事？」

「マスターはもう行ってるけど、新しい情報が入ってきたんだよ。もう既に、とある人の手によって、テトラミンの土地の買い占めが進められてるって。買い取り屋達は全員出遅れた状況になってるって」

「だ、誰なの、そのとある人って」

「うん。リョータさんなら分かるっしょ?」

「俺なら?」

どういう事なのかと頭を巡らせた。

こんな地上げっぽい事、よほど耳が早くて、手が早く、それでいてなにか確信がなければやれない――。

「――あっ。ネプチューン、か?」

「うん、その人」

あいつ……早すぎるだろ。

まったくもう。

「でもすごいですね。リョータさん、行く、って決めただけでこんなに大事になるんですから」

「だね。行く、って決めただけでもう何億ピロかの金が動いちゃってるね」

俺をほめるエルザとイーナ。

分かるけど、なんかちょっぴり複雑だ。

# 262. シャッター街とハグレモノ

テトラミンに向かう道中、馬車の中。

俺は、一緒についてきたイヴとセレストに聞いた。

「よかったのか、一緒についてきて」

「低レベル一人では行かせない」

「……え？」

ものすごく真剣な顔をするイヴに見つめられて、たじろいでしまう。

「それってどういう……」

「アウルムのせい」

「アウルム？　なんでそこで彼女の名前が」

「あれにチビがついた」

「ミーケの事か」

イヴは小さく頷《うなず》く。

「送り迎えがなくなったから、低レベルは長居しても大丈夫になった」

「確かにそうだな」

今までは、どこかに出張《い》していっても、早く帰らないといけないって思いがどこかに働いてた。

アウルムのダンジョンから屋敷までの送り迎えが出来るのは俺だけだったからだ。

だから依頼とかを達成したらなるべくすぐに屋敷に戻ることにしていた。

問題解決後の観光とかのんびり滞在とか、そういうのを全部切り上げてきた。

今ならその心配もない。

テトラミンがどんな街なのかは分からないが、問題解決した後に少し長めに逗留《とうりゅう》するのもアリかなって思う。

「いたっ」

イヴにチョップを喰《く》らって、おでこがヒリヒリした。

イヴのチョップは多段ヒットだ。

あまりにも速すぎて一回しか当たってないように見えるが、本当は一回で何発もやられてる。

それに扇風機の羽根みたいに、ある程度の速さ＝本気さになると逆に遅く見える現象が起きる。

今のチョップはだいぶ遅くて、痛かった。

「低レベルがいないとニンジンがなくなる」

「なるほど」

苦笑いする。

イヴのそれはアウルムの理由と似ていた。

彼女は俺のドロップＳで生産されるニンジンが大好きだ。

俺が長く戻らないと、彼女は大好きなニンジンにありつけない。

「だからついてきたのか」

「そう」

「でも向こうにはニンジンドロップないぞ？」

「ニンジンがないなら低レベルを殴ればいい」

「分かった。可及的速やかに問題解決して戻るよ」

「ん」

イヴは満足げに頷いた。

今度はセレストの方を向く。

「セレストは？」

「調べてみたのだけど、テトラミン地方は魔力嵐が少ない所らしいわ」

「そうなんだ？」

「ええ、それなら力になれるかもしれないと思ってね」

「そうか、ありがとう」

「どういたしまして」

セレストは少し顔を赤らめて、微笑んだ。

セレストがついてきてくれるのなら心強い。

ありがとうの一言じゃ感謝しきれないくらい心強いぞ。

「なんかお礼をしないとな。何かして欲しい事はあるか？」

「仲間よ？」

「だからって甘えっきりなんじゃ俺の気が済まない」

「そう。じゃあ考えておくわ。思いついたらお願いする」

「ああ、そうして」

セレストは心なしか、嬉《うれ》しそうに顔をほころばせた。

同行する二人の仲間と一緒に馬車に揺られて、テトラミンに向かった。

☆

「ひひひーん」

馬のいななきが聞こえて、馬車が止まった。

幌《ほろ》を開けて、顔を出して御者に聞く。

「もうついたのか?」

「いや」

御者は首を横に振って、前方を見た。

俺も前を見た。

たくさんの馬車や人々が集まっていて、まるで隊商のようだ。

集まりの向こう、馬車で三十分くらいってところの距離に街が見える。

大半の人間はそっちに視線を向けているが、進もうとしていない。

「どうしたのかしら」

顔を出してきたセレスト。

「さあ、ちょっと聞いてみよう」

「ええ」

「イヴは?」

「ウサギはニンジンがないと働かない」

清々《すがすが》しいくらいの基準で断られた。

ちょっと話を聞くだけだから、と。

イヴを置いて、セレストと一緒に立ち止まっている人々の所に向かった。

「どうしたのか?」

「いやあ参ったよ――おお、リョータさんじゃないか」

「ああ」

頷く俺。

話しかけた男は俺を知っていた。

俺は向こうの名前を知らないが、その制服に見覚えがある。

買い取り屋『燕《つばめ》の恩返し』の制服だ。

それを見て、彼に話しかけたのだ。

「何かで足止めを喰らってるのか?」

「いやあ、予想外ですよ。今のままじゃ俺たち、街にすら入れないですよ」

「……?」

男の、苦笑いと期待のない交ぜになった表情を見て、俺は疑問に小首を傾げたのだった。

☆

テトラミンの街、その入り口。

やってきた俺とセレスト、そしてついてきた燕の恩返しと、ほかの買い取り屋とかの人達。

入り口に立つと、状況がすぐに分かった。

テトラミンは人が住めるような環境じゃなかった。

街中はモンスター達がうろうろしていて、若干の地獄絵図になってる。

「なんでこんなことに」

「多分、街の運営資金が尽きたのよ」

セレストは多分と前置きしながらも、ほぼ断言する様に言った。

「ゴミの処理が出来なくなったのよ」

「そういえばフランケンシュタインが多いな」

フランケンシュタイン、この世界でゴミから孵《かえ》るハグレモノだ。

「そうか、セレストは元々ゴミ処理業者として働いてたんだったな」

「うん。街から金が支払われなくなると、私たちもただ働きをするわけにはいかないから、こうなってしまうのよ」

「なるほどな」

俺はここに来るまで、地方のシャッター街——シャッターがことごとく下りてる商店街の様な寂れ方を想像していた。

実際は想像とはまったく違った。この世界で街が寂れるとこうなってしまうんだな。

背後をちらっと見た。

商売をしに来た彼らの中に、戦闘員はいなかった。

だから街に入れなかった。

俺の視線に気づいたセレストが言った。

「多分ここまでの惨状を想像してなかったんだと思うわ」

「なるほどな。いや、でも土地の買い占め……は実際に来なくても出来るか」

それこそ机の上で、書類を右から左へ移動するだけで出来そうなことだ。

「なら、まずはこれを一掃するところからだな」

「手伝うわ」

「じゃあサポートを、俺の撃ち漏らしを頼む」

「分かったわ——銃は使わないのかしら」

「ああ」

俺は頷き、自然体で歩き出した。

無造作に歩いて、ハグレモノの群れの中に突っ込んでいく。

「リペティション」

最強周回魔法、リペティション。

一度倒した事のあるモンスターを、問答無用で瞬殺してしまう魔法。

この魔法を使うと、同じモンスターの二度目以降は「結果を見る」のと同じことになる。

俺は進みながら、何も確認しないで、とにかくリペティションを撃ちまくった。

モンスターが次々と消える。

フランケンシュタインを中心に、俺が倒した事のあるモンスターが次々と消えていった。

倒した事がなくて、消えないモンスターは。

「イラプション！」

セレストが大魔法で片付けていく。

俺が無視したモンスターの中には強いモンスターもいるのかもしれないが、それでも。

出会った頃よりも遥《はる》かに強くなったセレストに、完全に任せる事にした。

まるで油汚れに垂らした洗剤のように。

「「おおおおお！」」

俺とセレストは感嘆の声の中、テトラミンに巣くうハグレモノを一掃していった。

# 263. 分裂ダンジョン

「低レベル、からっぽ」

「こっちの家にも人はいなかったわ」

戻ってきたイヴとセレストの二人の報告を聞いて、俺は眉をひそめた。

テトラミンのハグレモノを一掃した後に街中を見回したんだが、住民は一人もいなかった。

あっちこっちの建物を探してみたが、人っ子一人いない。

「いても困る」

イヴが物静かに言う。確かにそうだ。

ハグレモノが街中を闊歩《かっぽ》しているバイオハザード的な状況になってたんだ。

この状況で住民が家の中に隠れていた、と言われる方が逆に困る。

「でもおかしいわね、こんな状況になってるのなら、リョータさんへの助けの求め方が違ってくるはずよ」

「俺もそれを考えてた」

周りを見ると、ハグレモノとの戦闘の後、まるで廃墟《はいきょ》の様なテトラミン。

デールは俺に活動拠点を移してくれと言った。

それをネプチューンは「お前の税金目当て」と言って、俺は納得した。

「この状況ならもっとストレートに、モンスターから街を助けてくれ、だもんな」

「それに、低レベルの必要がない」

イヴの台詞《せりふ》も的確だ。

不機嫌そうに見えるのは、俺が呼ばれてきて彼女のニンジンが減るからだろう。

「そうね、モンスターが溢《あふ》れてるから退治してくれ、なんてのは普通の冒険者に頼めばすむ事だわ。今の規模なら――１００人も投入すれば一日で終わる」

「どうなってるんだ？」

☆

理由はすぐに分かった。

モンスターが一掃されて、シクロからの隊商が街に入ってああだこうだやってるところに、デールと、ほかの街の住民が戻ってきた。

「ありがとうございます！　ありがとうございます！」

掃討したのが俺たちだと聞いて、デールが街の住民達と一斉に、何度も何度もお礼を言ってきた。

「それよりも説明してくれ。なんでこんな状況であんな頼み方をしたんだ？　モンスターが街を占拠しているから、別にそれでも断りはしなかった」

「違うんです！」

デールは慌てて、あまりにも慌てすぎて言い訳に聞こえそうな感じで説明する。

「ギリギリでやってたのです、ダンジョンの出が悪くて。でも私がシクロに向かうまでは街の体裁を維持してました」

「つまり、あんたが離れた後に状況が変わった？」

「はい……部下の……副会長の男が残っていた街のお金を全て持って逃げたのです。私がいない隙に……」

「…………」

「それで街のお金が尽きて、ぎりぎりの綱渡りでやってきたのが――」

「一気に決壊した、と」

頷《うなず》くデール。

彼の後ろにいる街の人々も同じように頷いた。

嘘《うそ》じゃないみたいだな。

一人二人嘘をつけても、数百人が同じ嘘をつくことは不可能だ。

嘘に関わる人間が増えるにつれて、ばれる確率が加速度的に上がる。

誰か一人でもばらしたらそれで終わりだ。

そういう感じじゃない、今の話は本当だ。

何より、街から逃げ出してモンスターのいない所まで全員で避難して。

疲れきった街の人々の顔が強く説得力を持っていた。

☆

いろんな利益目当てだが、シクロの人間が入ったおかげで、とりあえず街は回る事になった。

街の事はひとまずおいといて、俺はセレストとイヴとの三人でダンジョンに入った。

まずはダンジョンの事を確認しようと思った。

プルンブムダンジョン、地下一階。

「むっ、これは……」

「水の中なの！　どうして⁉」

初めて入ったダンジョンに俺とセレストは驚いた。

ダンジョンの中はまるで水没しているかの様な空間だった。

水草がゆらゆらと漂い、体の動きは水の抵抗でものすごくのろい。

「あれ？　でも息が出来るぞ」

「ほんとだわ」

「そういうとこ」

「イヴ？　ここに来たことがあるのか？」

イヴは小さく頷いた。

「前の前のパーティーの時に」

「いろんなパーティーにいたんだな」

「いた。でもいつもダンジョン性の違いで別れる」

だから音楽性の違いみたいに言うのはどうかと思うんだ、前の時もそう思ったけど。

「水の中っぽいだけで、呼吸は普通に出来るんだな」

「そのようね――えいっ」

セレストは魔法の道具、バイコーンホーンを取り出して、それを振った。

無限でファイヤーボールを使えるバイコーンホーン、それは普通に炎の玉を撃ち出した。

「普通に出来るわ、水中だから炎が弱まるとかはないのね」

「なるほど、じゃあこれも大丈夫か」

俺は銃を抜いて、無限雷弾を込めて、壁に撃った。

着弾して周りに電気をばらまくが、水中だからってこっちまで感電するようなことはないようだ。

水中っぽいが水中じゃない。

そんな不思議なダンジョン、プルンブム。

「さて、モンスターは……いた」

早速モンスターを見つけた。

水中っぽい所で、空中で泳いでる魚のような見た目のモンスターだ。

サイズはでかく、水族館で見るようなイルカと似てる。

しかし顔は獰猛《どうもう》で口から鬼のような牙が出ている。

「キラーフィッシュ、ウサギこれ嫌い」

「キラーフィッシュっていうのか」

無限雷弾から成長弾に戻して、物々しい空気で泳いでくるキラーフィッシュを撃った。

銃弾はキラーフィッシュを捉え、縦に貫通していったが。

ブーン。

耳障りな雑音がした後、キラーフィッシュは二つに分裂した。

「なっ！」

「二つになった⁉」

「そういうモンスター。魔法で片方焼いてみる」

「分かったわ！　バイコーンホーン！」

セレストはファイヤーボールを飛ばした。

炎の玉がキラーフィッシュをしっかり捉えて、炎上させたが。

「また増えたわ！」

燃やされたキラーフィッシュは、またしても二体に分裂した。

最初の一体が二回の攻撃で三体に増えた。

「こういうこと、倒さないと攻撃するたびに増える」

イヴは近づき、キラーフィッシュの一体にチョップを叩《たた》き込んだ。

ぶーーーーん。

今日一番の雑音がこだました後、キラーフィッシュが一気に二十体以上増えた。

「こうなる」

「そこで多段ヒットやめ！」

イヴのチョップは一発に見えるが、実際は一秒間に百発とか叩き込むタイプの技だ。

それをやって、キラーフィッシュは一気に増えた。

「こういうところだから、ウサギはこいつら嫌い」

「そ、そんな事言ってる場合じゃないわ！　さすがに増えすぎよ――」

慌てるセレスト。

俺は銃弾を込めて、深呼吸の後、乱射した。

火力を上げて、貫通弾の連射でキラーフィッシュを倒した。

二十体以上に増えたキラーフィッシュをまとめて。

「――って大丈夫だった。すごいわリョータさん」

「低レベルのくせに生意気だ」

二人の褒め言葉よりも、俺はもっと別の事に気づいた。

「なるほどな」

「なるほどって、どういう事？」

「ほら」

俺は空中に漂っている物を指さした。

それは、水中に浮かぶ白い物。

においからして牛乳だろう。

「うん、プルンブム地下一階、ドロップは牛乳。浮かんでるのをゆっくり回収できる」

「意外と便利なのね、このダンジョンの特性」

セレストの言う通り。

牛乳は容器に入っていないが、真空に浮かんでる水滴みたいに、何かと混ざったりすることもなく、そこに存在していた。

　これはこれで便利だ、だが。

「一方で致命的だ」

「え？　致命的って？」

「気づかないか？　俺は今、何体倒した」

「え？　二十くらいだったかな？」

「違う」

「え？」

「一だ」

　俺はそう言って、プカプカと浮かんでいる牛乳を指さした。

「一だ」

「……えっ、嘘」

　戸惑うセレスト。

　ちょうど別のキラーフィッシュが泳いできたので、俺は軽く小突くとかして、弱攻撃でキラーフィッシュを分裂させる。

　今回は自分でやったから、数を数えた。

　ジャスト100になったところで、また乱射で一斉に倒した。

　セレストがまた「すごい」と歓声をあげたが、直後に愕然《がくぜん》となった。

　百体のキラーフィッシュは消えて、一体分の牛乳しかドロップしなかった。

分裂させればさせるほど徒労感がひどい。
これがプルンブムが寂れていった原因だな。

# 264．精霊が恐れた男

「一通り階層を見てみよう。実体を把握したい」

「ええ、その方がいいわね」

「ん」

セレストもイヴも、ついてきてくれるようだ。

俺たちはプルンブムを一階ずつ下りていった。

ダンジョンは全部、一階と同じ「呼吸できる水中」だった。

動きが鈍くなって戦いづらかったが、セレストの様な魔法使いにはあまり影響がなかった。

ちなみに銃の弾速は落ちた。

普段のおおよそ半分になった。

更に、最初から全速力で動き出すと抵抗が大きくて、体力をかなり消耗する。

ゆっくりと、常に同じペースで動き続けるのがベストだ。

プールの中で歩いてるような感じだ。

モンスターは全部が「魚系」だった。

牙が生えてるイルカだったり、角付きの金魚だったり、水中なのに翼が生えてる鯨だったり。

全部が、魚の外見をしたモンスターだった。

特性も一緒で、一撃で倒さなきゃ分裂をしてしまう。

頑張って一撃で倒そうとしても、俺だと動きも弾速も落ちて、ぎりぎりで致命傷を外される事がよくある。

やっかいなところだ。

「ここの問題はこのモンスターの分裂属性ね」

進みながら、セレストが的確に問題点を口にした。

「そうだな」

「それを変えればいいのだけど、モンスターの特性ってどうやって変えられるのかしら」

「品種改良でいけるかやってみるのも手だ。あれはモンスターそのものが変わったしな」

「なら、屋敷から誰か二人呼ぶ」

「それなら大丈夫だ」

イヴがきょとん？　と小首を傾げた。

「品種改良は精霊付き二人以上ってのはシクロのルールだ。テトラミンは多分批准《ひじゅん》というか、導入してない」

「低レベル一人で十分……か」

「俺だけかよ」

苦笑いしつつ、突っ込んだ。

「低レベルなら出来る。ウサギは信じてる」

「そりゃなんとかするけど、必要な時は力を貸してくれ。ニンジンならいくらでもやるから」

「ウサギのやる気が天元突破している」

安いんだかそうじゃないんだか、とりあえずイヴの協力は取り付けた。

一行三人、半ば世間話をしながら、モンスターを倒しつつ、どんどん下の階に下りていった。

☆

プルンブム、最下層。

ダンジョンスノーが降りしきる、息の出来る水中。

「ここが最後ね」

「聞いてた階層だとそうだな」

「モンスターは一緒、魚が犬かきしてる」

「不思議な光景だよな」

イヴの説明は的を射ていた。

最下層のモンスターは魚だが、手足がついている。

手にはびっしり毛が生えていて、足は網タイツをはいている。

その手足で犬かきをして泳いでいる――という、世にも奇妙な光景である。

「一応魚、一応は同じ系統だよな」

「そうね。そう思うわ」

「まあ、ブックマークのために一回は倒しとこう」

俺は銃を構えた。

使うかは別として、リペティションが使える状況になるように、一回倒しておこうと思った。

銃には追尾弾を込めた。

色々試してみた結果、銃という武器の性質上、弾速がメチャクチャ落ちるこの「水中」では、ホーミング性能のある追尾弾が一番ダメージを与えられる。

もちろん慣らしていけば追尾弾以外でもちゃんと出来るようになるが、今はまずブックマークだ。

銃を構えて、引き金に指を掛ける――。

「え?」

「き、消えたわ!」

驚く俺とセレスト。

照準を合わせた先のモンスター、それが急に消えてしまったのだ。

「低レベル、もっとよく見る」

「……全部消えてる?」

イヴに指摘されて改めて見ると、モンスターが完全に姿を消している事に気づいた。

さっきまで普通のダンジョンのようにモンスターがあっちこっちに、犬かきで泳いでいたのに完全にいなくなった。

「ダンジョンマスターが出たのよ」

「なるほど。今ダンジョンマスターに暴れ回られると面倒だ、捜し出して倒してしまおう」

「ええ」

「しょうがない」

とりあえずこの階層にはいないみたいだから、俺たちは階段で一つ上の階に戻った。

「え？」

目の前の状況に驚かされた。

一つ上の階は、何事もなかったかのように、魚のモンスターが普通に泳いでいる。

「モンスターがいる？　ダンジョンマスターじゃないのか？」

「そうなるわね……ダンジョンマスターが出るとモンスターは全階層消えてしまうもの」

この世界の理《ことわり》は意外とお堅いところがある。

「ドロップS」、俺のユニークスキルが絡まない事に「例外」はほとんどない。

ダンジョンマスターが出ればそのダンジョンの全階層からモンスターが消える、これは間違いない。

「下に戻ってみる」

「ええ」

頷《うなず》くセレスト、無言のイヴ。

二人と一緒に最下層に戻った。

モンスターはいなかった。ダンジョンスノーだけが降り注ぎ、寂しいことこの上ない風景だった。

「どうなってるんだ？」

「ウサギ、街の人に聞いてくる」

イヴはそう言って、身を翻して階段を上っていった。

待つこと数十分、イヴが戻ってきた。

「どうだった？」

「誰も知らない、こんなこと今までになかったって」

「不思議な現象ね。リョータさんが銃を構えた途端にこうなったのよね」

「ああ、そうだった」

「まるでリョータさんに倒されたくなかったみたい」

「……俺に倒されたくなかった？　ここで？」

「ええ――あっ」

ハッとするセレスト、彼女も気づいた。

ほかの階層がよくて、最下層がダメな理由はもう一つある。

精霊。

精霊へ続く道を行くには、その大前提の一つに、ダンジョンの最下層でモンスターを倒す事がある。

俺はドロップSで、普通の冒険者よりも遥《はる》かに楽にその道を拓《ひら》ける。

だけど、それでも。

この世界の理は融通《ゆうずう》が利かないもので。

ドロップSだろうと、モンスターを倒さない事にはどうしようもない。

今のようにモンスターがいなかったら、俺でも精霊に会いに行くことは出来ない。

そして、それをコントロール出来るのは。

「ここの精霊、プルンブム。俺に会いたくないのか？」

「そう思うとつじつまが合うわ。アウルムもそうしてたように、精霊はダンジョン内のモンスターとドロップを支配している。モンスターが出ないようにするのは訳もないことだわ」

「出ない設定なら、低レベルがうっかり突破するかもしれない」

「それならいっそのことモンスターそのものを無くせば、か」

仲間の二人と、まるで答え合わせをするかのように状況を言い合っていく。

言えば言うほど、それが正しい答えだって、俺たちは確信していった。

「でも、どうしよう。リョータさんを警戒されるのは嬉《うれ》しいけど、モンスターがいないとどうしようもないわ」

「いや、問題はないだろ」

「え?」

「イヴ」

「低レベルは人使いが荒い」

イヴはもう一度、身を翻して階段を上っていった。

「どういう事なのリョータさん」

「クズいも」

「クズいも……あっ、この階層のドロップ品を持ってくれば」

「そう、この階層のドロップ品を孵《かえ》して、それを倒せばいいんだ。ハグレモノは本来の階層で孵ればば普通にドロップするモンスターに戻るだけだからな」

「なるほど。でもそんなに上手くいくのかな。リョータさんでも道を拓くまで回数が必要なのよね。それを現物でやるとなると必要な数が大変なんじゃ？」

「……いや、大丈夫だ」

俺は確信めいたものを感じていた。

俺を避けるダンジョンの精霊。

銃口を向けた瞬間、モンスターを全部消すほどの強硬手段。

それはきっと——。

「お待たせ」

しばらく待ってると、イヴが白い液体の入った瓶を持って戻ってきた。

「これがこの階のドロップ品なのか？」

「そう、ヤギミルク。残り二本しかなかった」

「二本だけ？　そっか、テトラミンは人がいなくて大変だから、生産量も……大丈夫なのリョータさん」

「ああ、大事に使うよ——一本だけで足りると思うけど」

俺はヤギミルクを受け取って、それを地面に置いて、仲間の二人とともに距離を取った。

しばらく待って、手足のついた、犬かきの魚が孵る。

銃を構える、追尾弾を撃って、魚を倒す。

すると、道が拓かれた。

今まで何度かやってきたことと同じ。

ヤギミルクじゃなくて、更に先に続く道が拓かれた。

「すぐに消したのは、あっさり開かれるのを恐れてたからだったんだよ」

「なるほど！　すごいわリョータさん」

「さて、行くか」

拓かれた道、俺から逃げようとした精霊。

何もなければスルーか後回しだったんだが、ここまでされると、一度会ってこなきゃな。

# 265．倍々カメ

「それじゃ、行ってくる」

「何か出来る事は？」

精霊へと続く階段を前に、セレストが聞いてきた。

下りられるのはモンスターを倒し、階段を出した俺だ。

二人は行くことが出来ないが、セレストはそれでも、なんとか力になりたいと俺を見つめてきた。

「そうだな……どっちかが屋敷までひとっ走りしてくれると、万が一の時に助かる。

「屋敷？」

「ゲート開通」

いつもの様に平坦《へいたん》な口調のイヴ。

ファミリーに入る前からベテラン冒険者として名をはせているだけあって、こういう時話が早い。

「ああ、屋敷に戻れば転送部屋とこのプルンブムを開通する事が出来る。そうしたら俺も簡単に屋敷に戻れる。一回だけじゃ、あるいは俺だけじゃ解決出来そうにない時に役に立ってくる」

「なるほど、エミリーの時と一緒ね」

「ああ、アルセニックを助けて、月殖《ドロップ倍》を実現したエミリーの時と同じことが狙える」

「分かったわ、それは私とイヴに任せて。どっちかが行ってくる」

「頼む」

二人に目線で別れを告げ、俺は、精霊の部屋へと続く階段を下りた。
すぐに精霊の部屋に行けるわけじゃない。
今までのパターンなら、もう一回難敵が待ち構えているはずだ。
予想通り、まずは真っ白な、何もない空間に出た。
空間はそこそこ狭かった。テニスコートの半分もなかった。
その空間の中心に丸まったカメがいた。
意外にもタダのカメっぽかった。
手足は甲羅の中に隠れて、丸まっている。
銃を抜いて、まずは小手調べに育てている成長弾を撃った。
ダーン！　カキーン！
金属音が鳴り響いて、銃弾は甲羅に弾かれた。
なるほど、見た目通り硬い――と思ったその時。
カメは二体に分裂した。
どうやら通常のここのモンスターと同じように分裂はするようだ。
なら小手調べはダメだ、大技で倒さないと。
拳銃を両方とも抜き、蒼炎弾《そうえんだん》を装填して、同時に撃って融合弾にした。
火炎弾と蒼炎弾の融合、無炎弾。
見えない炎がカメの片方を焼く。
「なに⁉」

声を上げてしまった。
陽炎《かげろう》が揺らめき、無炎弾は確実に出来ている。
でも、カメはびくともしなかった。
今までなんでも焼いてきた弾丸がまるで効かなかった。
そして――また分裂。
二体のカメがそれぞれ分裂して、四体になった。
「無炎弾も効かないのか……これは慎重にやらないとだめだな」
とはいえどうするか、と、考え込んでいたら。
四匹のカメが更に分裂して八匹になった！
「なっ！」
目を見張り、目の前の光景に絶句する。
何もしてないのにカメは更に分裂した。
いや、その前に。
今までの分裂は全部攻撃をしてた。
なのに攻撃してないカメまで分裂してた。
どういうことだ――って思ってたら更に分裂した。
八体から、今度は十六体に。
「倍々ゲーム、か？」
固唾《かたず》をのんで見守っていると、数秒後、更に分裂して三十二体になった。

更に数秒待って、今後は六十四体に。

ここまで来ると、もう足の踏み場もなかった。

カメが甲羅に隠れていて、攻撃してこないのがせめてもの救いか――いや違う！

俺は気づいた。

自分が、かつてないピンチに陥っていることに。

カメは攻撃してこない、それは多分間違いない。

このカメからは、アルセニックの岩達と同じような、戦闘する気はないという感じがする。

ただ、数秒おきに倍に増えるだけ。

それだけだが、この部屋は意外に小さくて、そして出口がなかった。

俺が下りてきた途端、階段は消えてしまったのだ。

このペースだと――あと三十秒もしないうちに分裂ガメが部屋をいっぱいにして――俺は圧死する。

「くっ！」

銃をしまい、足元のカメに殴りかかった。

力SS、これならば――ダメだった。

全力で殴っても、カメの甲羅はヒビ一つ入らなかった。

そして、更に分裂。

床一面びっしりのカメが倍になって、床そのものが一段階せりあがった。

俺は焦って、全力で殴り続けた。

でも、やっぱり効かなくて、更に倍増。
このままだとあと二回、残り十秒もない。
「加速弾！」
とっさに加速弾を自分に撃って、時間稼ぎをした。
加速する世界の中、カメの増殖が体感で遅くなる。
なんとしても、なんとしてもカメを倒さなきゃ。
ギリッ、と歯を食いしばる。
手応えからして、攻撃無効化とかそういうのじゃない。
ただただ、ものすごく硬いだけだ。
物理も、魔法も効かない、ものすごく硬いカメの甲羅。
ならば、それを上回る攻撃を叩《たた》き込むしかない。
カメを一体摑《つか》んで、全力で叩いた。
ドン！　ドン！　ドン！　ドン！　ドン——。
力SSで繰り出す、一撃一撃が必殺級のパンチを、連続でカメの甲羅に叩き込む。
更に倍増、部屋の半分が埋まった。
残り一回、現実の時間で数秒しかない。
更に叩く、全力で叩く。
拳が裂《さ》け、骨が軋《きし》むくらい叩く。
「うおおおお！」

ビシッ！

カメの甲羅が割れた。

割れた甲羅は光を放って、そのまま砕け散った。

「時間が無い――リペティション！」

加速する時間の中、片っ端からリペティションをかけていった。

一回は倒したカメだから、リペティションが効いた。

必死に撃って、ハイペースで消していく。

途中で更に倍増！

だが、リペティションで消した分、部屋を１００％満たすまでにはいかなくて、俺一人分収まる程度の空間が残った。

死ななければどうにかなる。

無限回復弾を撃ちつつ、加速する世界の中でリペティションを乱射。

倍々増殖はエグかったが、加速弾＋リペティションはぎりぎりでそれを上回った。

途中で二回増殖をされたが、どうにかカメを全滅させることが出来た。

精霊に繋《つな》がる部屋への入り口が出現した。

# 266．俺を信じろ

階段を下りた先の部屋に、一人の女の子がいた。

見た目は幼く見えるが、アリスと近い感じで、十四、五歳くらいの女の子だ。

髪は地面まで垂れるほど長く、服装は「和」な感じ――十二単《じゅうにひとえ》に近いものだ。

ひな人形か昔の日本のお姫様。

そんな感じの女の子。

「プルンブムか？」

「人間が……また妾《わらわ》をたぶらかしに来たのかえ」

その子――ロケーション的に間違いなく精霊プルンブムの女の子は、敵意を剝き出しにして俺を睨《にら》んでいた。

が、それで一つ分かった。

プルンブムは俺を避けるためにモンスターを消したんじゃない。

人間を拒絶するためにそうしたのだ。

「たぶらかし？　昔、人間と何かあったのか？」

「しらを切る気かえ？」

プルンブムは手を振り上げた。

瞬間、風圧が俺を襲う。

腕をクロスして踏みとどまる――が。

「がはっ！」

全身の至る所に痛みが走った。

見ると、これまでのプルンブムダンジョンに存在していた魚系のモンスターが、どこからともなく現われて、俺に体当たりをしてきた。

「待ってくれ！　俺の話を――」

「去《い》ね！　人間と話す事などないのじゃ！」

激高したままのプルンブムは、更に手を振りかざす。

二度目の攻撃、意識を瞬時に周りに切り替えた。

複数のモンスターが四方八方に出てきて、俺を取り囲んだ。

地面を蹴って後ろに跳びつつ、二丁拳銃を抜いて成長弾と通常弾を発射。

体当たりしてくるモンスターを迎撃し、撃ち落とす。

「やったな……」

「くっ！」

このままでは、らちがあかない。

とっさに回復弾を両方の銃に込めて、同時に撃つ。

回復弾の融合、拘束弾。

光の縄がプルンブムを拘束した。

手を振り上げようとして、動かないプルンブムは、より激しく怒った目で俺を睨んだ。

かなり強烈な拒絶の意思を持った眼差《まなざ》しだ。

普通なら気後《きおく》れしそうになるその目を見つめ返して、聞く。

「何があったんだ？　聞かせてくれ。場合によっては力になれるかもしれない」

「ほざくな人間、どんなに聞こえの良いことをさえずろうとも、結局は裏切るのがそなたらであろう」

「……裏切られたのか？」

「そうじゃ！」

更に激高して、目から火を吹きそうなくらいカッと見開く。

「その話を聞かせてくれ」

「……よかろう。そこまで言うのなら、そなたら人間の罪をとくと思い知るがいい」

プルンブムは激高した瞳のまま、俺の質問に答えて、話してくれた。

「かつて、一人の男が妾の所にやってきた。強くて、勇敢な男じゃった」

手練《てだ》れの冒険者って事か。

「妾が人間と会ったのはそれが初めてじゃ。その男は妾に色々人間の事を話してくれた。妾の知らない世界を教えてくれた。お返しに妾も、このプルンブムでだけ発揮する力を授けたのじゃ」

精霊付きにしてあげたのか。

「男はいったん帰ると言った」

うん？

なんか……話の風向きが変わったぞ？

「また来ると言った。絶対にまた来ると約束した。妾はそれを信じて送り出した——じゃが！」

猛《たけ》るプルンブムの怒りと同調した風圧が俺を襲う。

「ヤツは戻ってこなかった。妾の与えた力を使うだけ使って、一度も戻ってこなかったのじゃ——

そう、死ぬまでな」

「……最近死んだのか」

「そうじゃ。妾が与えた力が戻ってきたのじゃからな。これで分かったじゃろ？　そなたら人間は
簡単に約束を破る生き物じゃ」

「それは違う」

「何が違う！」

「その人は戻りたくても戻ってこられなかったんだよ。人間がここに来るのはすごく苦労するん
だ」

「でたらめを！　ヤツは『普通にやってたら来られた』と言っていたぞ」

「それは運がよかったのを自覚してないだけ——」

「言うにことかいて！」

ますます怒りのボルテージが上がっていくプルンブム。

嘘《うそ》は言ってないが、それが逆に彼女を刺激した。

「たとえその人がそうだったとしても、俺はそんな事しない。言うことは絶対に——」

「もう二度と騙《だま》されたりしないのじゃ、そなたら人間に！」

プルンブムはまた手を振り上げた。

とっさに身構えると、モンスターは飛んでこなかったが、代わりにカメがプルンブムの前に現われた。

「リペティション！」

最強周回魔法、リペティション。

一度倒したモンスターを無条件で倒す最強の魔法——だが効かなかった。

よく見たらカメの甲羅はさっきのと色が違う。別のモンスターか。

違うモンスターだが、能力は似ていた。

カメはさっきのヤツよりも高速に、一秒に一回のペースで倍々増殖した。

銃を撃つが、硬さは勝るとも劣らない。

これは止められない——と思ったその時。

目の前に階段が現われた。

上に戻る階段は、倍々増殖のカメの中に現われた。

「妾の前から消えろ！　人間」

「——っ！」

リペティションが効かず、硬さも同等で、約五倍の速度で増殖するカメ。

それが意味する結果は——。

俺は歯ぎしりして、プルンブムが出してくれた階段を駆け上がった。

階段を上りきるとダンジョンの外に出た。

ふう……。ひとまず引き上げて対策を練ろう。

そう思って、身を翻して、ダンジョンを背にして歩き出した――が。

「…………」

思いとどまり、踏みとどまる。

首だけ振り向き、ダンジョンを見る。

それは……だめだ。

プルンブムは人間に裏切られたと思っている。

ここで引き下がったら、彼女は本当に「ほらやっぱりそうだった」って思ってしまうだろう。

引き下がれない、会いに行かなきゃいけない。

分かってもらわなきゃいけない。

俺はダンジョンに戻っていった。

一気にプルンブムダンジョンを駆け抜けて、最下層にやってくる。

街に残った二本だけのヤギミルク、一本使ったから、正真正銘の最後の一本になったミルクを地面に置いた。

ハグレモノが孵《かえ》って、リペティションで瞬殺。

階段が出た。

下りて、増殖するカメがいたけど、それもリペティションで瞬殺。

再び、プルンブムの所に戻ってきた。

「なっ、そなたなんのつもりじゃ」

「話を聞いてくれ」

「ええい、うるさいわ！」

プルンブムは再びカメを出した。

すぐに倒せないカメ、ものすごい勢いで倍々増殖するカメ。

階段がまた出た。

「去ね！」

「帰らない」

俺は静かに、しかしはっきりと言い放った。

プルンブムはたじろぎ、迷いが見えた。

その間もカメは増殖を続け、プルンブムの部屋を埋め尽くした。

アブソリュートロックの石、そしてＨＰと体力ＳＳ。

無敵モードを発動して耐えることにした。

ミチッ――。

体の芯からいやな音が聞こえてきた。

無敵モード＋ＨＰＳＳ＋体力ＳＳ。

それでも体が軋《きし》むほどの圧力。

「がはっ」

血を吐いた。口の中に鉄の味が充満した。

「な、なぜそこまで……」

絶句するプルンブム。

「お前みたいなのを見過ごせない」

「わ、妾みたいな……？」

「こんな所にいる、会いたい人にも会えない、すれ違いで心を痛める不遇な環境にいるのを強いられる」

プルンブムをまっすぐ見る。

「そんなの、見過ごせない」

「――っ！」

「だからどうにかする。それに比べればこんなのなんともない――」

言葉が途切れた。

目の前が霞《かす》み、意識が遠くなる。

その間も増殖が続くカメの圧力が強くなるのを感じる。

プルンブムはもちろん影響を受けないが、体がぐちゃぐちゃになりそうなくらいの圧力が俺を襲った。

限界が来る、意識を手放し――。

ギリッ！

歯を食いしばる。気力を振り絞って、意識をつなぎ止める。

「俺を、信じろッッ」

「――ッ！」

言い終えた瞬間、ふらっ、と足元の感覚がなくなった。

限界を超えてしまった、ここまでか——と思ったが。

「……本当に？」

プルンブムの、弱々しい声が聞こえる。

「え？」

「本当に、信じてよいのか？」

「……ああ」

「また会いに来てくれるのかえ？」

「来る。俺が来られない日もあるかもしれないけど、そういう時は仲間に来させる」

「なか、ま？」

「ああ、なんだったら外にも連れ出してやる」

「それは……別によいのじゃが……」

そうつぶやくプルンブム。

アウルムと似ているようで、ちょっと違う。

彼女は外の世界に興味はほとんどないみたいだ。

誰かが訪ねてくる。

それだけが望みみたいだ。

「……分か、った」

「え？」

「そなたを……信じてみる」

「……ああ、信じろ」

俺はふらつく足元を必死で踏みとどまって、プルンブムに強く言いきった。

彼女は、まるで雪が溶けたかのような。

やさしい、笑顔を見せてくれたのだった。

「さて……」

プルンブムの心の氷は溶けた。

長い髪に十二単《じゅうにひとえ》。

昔の日本の姫のような出で立ちをした彼女は、見た目こそ変わらないが、出会った頃よりも遥《はる》かに美しく見えた。

穏やかに微笑んでる姿が、本来の彼女の姿なんだろうな、と思った。

本来、というキーワードで思い出した。

「なあ、一つ聞いてもいいか」

「なんだ？　妾《わらわ》に答えられる事かえ？」

「ああ、お前が世界で一番よく知ってるはずだ。プルンブムって、昔からモンスターが分裂するダンジョンだったのか？」

「うっ……」

言葉に詰まって、ばつの悪そうな表情を浮かべるプルンブム。

俺の推測した通りだ。

プルンブムダンジョンを持つ街、テトラミン。

到着から時間が経ってないし、もうだいぶ寂れていたけど、かつては栄えた事もあったんだろうな、と思わせる街の作りだった。

テトラミンにも景気のいい時代があった――つまり今みたいに分裂分裂でしょっぱいダンジョンじゃなかったはずだ。

だから聞いてみたら、プルンブムの表情が全てを物語っていた。

彼女はうつむき、親にしかられた子どもの様な顔で、上目遣いで俺を見た。

「あの男に裏切られたと思ったのじゃ。黒い何かが妾の頭の中でぐるぐるして、人間ども見ておれ――と思ったら、ああなったのじゃ……」

「なるほど。それは元に戻せるか？」

「うっ……」

またまた言葉に詰まってしまうプルンブム。

「難しいのか？」

「正直……。妾にもどうやったのかよく分かってないのじゃ」

「そうなのか、まあいい。それならダンジョンマスターを使ってやるまでだ」

「それは……おそらく無理だと思うのじゃ」

「え？」

「ダンジョンマスターでモンスターの種類を変える話なのであろう？」

「ああ」

「妾がしでかしたのは、このダンジョンのモンスターが分裂する事。どんなに変えても分裂するモンスターしか出ないのじゃ」

「……それは困った」

ダンジョンマスターを使っても意味はないと言われてしまった。

だが、言いたい事は分かる。

今まで何回かダンジョンマスターを使ったけど、変化したのはドロップの内容だ。

内容が変わっても、例えばランタンは酒のままだし、シリコンも野菜のままだ。

ダンジョンが元々持ってる性質までは変えられてない。

それが出来るのはダンジョンマスターよりも上位の存在である精霊だということなんだろうな。

そしてプルンブムは当の本人がどうやったのか分からないから戻す・止めるのは無理だって言う。

「うーん」

「こ、こういうのはどうかえ？」

「え？」

「妾の体の一部を素材に使った武器ならば分裂を抑えられる」

プルンブムはそう言って、目の前にカメを召喚した。

白魚の様な指を揃《そろ》えた手刀でカメを切り裂いたが、カメは分裂しなかった。

「こんな感じじゃ」

「なるほど。そうなるとこういう場合……髪、かな」

武器に体の一部を素材に使って作る話の場合、一番多いのは髪を使うパターンだ。

特にプルンブムは女だ。

女の髪には不思議な力があると、俺がいた現実世界でもそういう話がよくある。

更に現実なところで言えば、髪なら継続的に取れて、また伸ばすことも出来て、武器を量産しやすい。

それらの事から、プルンブムの髪を例えば鉄に練り込んで、その鉄で武器を作るのがベストだ。

「分かったえ」

プルンブムはまったく躊躇《ちゅうちょ》のない手つきで、地面まで届く、滝のように長く綺麗《きれい》な髪を、首元で一束に摑《つか》んで、手刀で刈り取ろうとした。

「待て待て待て！」

とっさに声を出した、彼女の手刀――手首を摑んだ。

「どうしたんだえ？」

「それは……」

さすがに気後《きおく》れする。

プルンブムは長い髪をなんの迷いもなく切り落とそうとした。

髪は女の命、その言葉が頭の中に浮かんで、「さすがにこれはない」と思った。

「妾の髪が必要なのではないかえ？」

「それはそうだけど。その綺麗な髪をバッサリ切ってしまうのはもったいなさすぎる」

「綺麗……」

目を見開き、固まるプルンブム。

俺は眉をひそめてしばらく考えてから。

「……一本だけでいい」

と提案した。

うん、一本でいい。

これなら一石二鳥だ。

「そ、それで足りるのかえ？」

「足りないけど、一日一本だけくれ。それならせっかくの綺麗な髪が切ない事にならない」

「一日一本……」

「毎日会いに来るんだから、それで十分だ」

「…………」

プルンブムはまたうつむいて、上目遣いで俺を見た。

さっきと同じ仕草だが、今度はなんでだ？

しばらくして、プルンブムはしっとりした空気をまといながら、口を開く。

「ありがとう」

「え？」

「妾はそこまで愚かではない。毎日一本……毎日会いに来てくれるという安心感をくれるつもりであろう？」

「はっきりと言われると恥ずかしいぞ」

本当に恥ずかしくて、顔から火が出そうになった。

一日一本をもらいに来る。

こうすればプルンブムが綺麗な髪を切らなくて済むし、彼女も「明日ももらいに来る」という安心感と期待の中で過ごす事が出来る。

一日一発の加速弾、それを取りにユニークモンスターの村・リョータに通ってた経験から思いついたことだ。

だから一石二鳥。

それを指摘されて、気恥ずかしくなった。

「ありがとう……」

プルンブムは嬉《うれ》しそうだから、俺がちょっと恥ずかしいくらい、何でもないことだった。

☆

亮太《りょうた》がいなくなった後の、精霊の部屋。

一人になったプルンブムは自分の髪を指でとかしながら。

「髪……綺麗だとほめてくれた」

頬を染めて、恥じらいながらも嬉しそうにつぶやく。

「…………」

ふと、彼女は顔を上げて天井を見た。

去っていった亮太、明日も来てくれると約束してくれた亮太。

その亮太の事を思いながら。

「精霊は……人と番《つが》えるのだろうか……」

出会ってから一日足らず。

プルンブムは、激しく亮太に惹《ひ》かれてしまっていた。

# 268. プルンブムフィルタ

次の日。

プルンブム地下一階、しばらく待ってると、ゲートが開いた。

ゲートからイヴが現われて、俺の前に立った。

「お待たせ」

「ありがとう」

「気持ちはニンジンで」

「今夜山ほど用意する」

「ん」

イヴは満足げに頷《うなず》き、俺の手を取って、一緒にゲートをくぐった。

まばゆい光に包まれた後、俺は屋敷の転送部屋にいた。

イヴが開通してくれたゲート。

これで、プルンブムの全ダンジョンに行ける様になった。

「それじゃ」

イヴは身を翻して、立ち去ろうとした。

「そうだ、イヴも行くか？　せっかくだから彼女を紹介するよ」

「あのダンジョン、興味ない」

「期待してたけど、ウサギの乳がなかった」

「そうなのか？」

「ん？」

言いたい事を言った後、イヴは今度こそスタスタと立ち去った。

ウサギの乳って――兎乳《とにゅう》って意味か？

そんなものあるわけが――いや。

「ウサギって……哺乳類だっけ」

小学校の時に飼育委員会でウサギ小屋の世話をしてた頃のことを思い出す。

ウサギにも乳があって子どもに授乳はする……が。

「ドロップ品にそれがあったら困るぞ」

期待してたらしいイヴには悪いが、なくて良かったと俺は思った。

俺は気を取り直して、転送部屋を使った。

一度行ったことのあるダンジョンの階層なら無条件で行ける、屋敷の転送部屋。

プルンブムの部屋を指定して、光の渦がいつもの様に出来たのを確認して、そこに飛び込む。

普通にやったら一日以上はかかる距離を、一瞬で転送された。

「おはよう」

「本当に来た……」

「約束したろ」

「……うむ」

プルンブムは嬉《うれ》しそうに微笑んだ。

やっぱり彼女は笑っているのが一番似合う。

「の、のう」

「うん?」

「もっと……そなたの事を聞かせてたも」

「俺の事?」

「そうじゃ……た、例えばあれじゃ。妾《わらわ》が押しつぶそうとした時耐えてたではないか」

「ああ、あれね」

俺はダンジョン攻略用にいつも持ち歩いてるアイテムの一つ、アブソリュートロックの石を取り出した。

「これを使ったんだ。アブソリュートロックってモンスターからドロップしたアイテムで、使うと無敵モード……防御力がものすごく上がる」

「それでカメに押しつぶされずにすんだのかえ?」

「そうだ」

「すごいのう……あれはものすごい圧力がかかっておったはずなのに……」

「倍々で増えてったからなあ」

「そういえば何かを撃ってたよな?」

プルンブムの「よな」という語尾が耳に心地よくて、ちょっとだけ聞き惚《ほ》れてしまった。

古風な貴人っぽい喋《しゃべ》り方のそれは、いつまでも聞いていたいって気分にさせられる。

俺は彼女の質問に片っ端から答えていった。

プルンブムは俺にものすごい興味をもってるみたいで、次々と聞いてきた。

「ふむふむ、それは初めて知ったのじゃ」

常にまっすぐ俺を見て、答えたことに真剣に頷いたり、時には大げさなくらいに驚いたり。

反応が大きくて、話しやすかった。

「さて、そろそろおいとまさせてもらうよ」

「も、もうなのかえ？」

「また明日も来る。心配するな」

「し、心配など……」

プルンブムは頬を染めて、俺から目をそらしたり、かといってまた見つめてきたり。

「そ、そなたが約束を違《たが》えぬ男なのは分かっておる」

「ありがとう。それじゃまた明日」

「うむ、また明日」

互いに別れを告げて、俺は、彼女から髪の毛を一本もらって、ダンジョンを出た。

☆

翌日。

プルンブムの髪の毛をまずカスタムカート屋のオルトンに届けた。

それを武器に入れてくれって頼んだ。

モンスターの一部やそのものを加工して道具にするのが得意なオルトン。

まずは、彼に武器の試作を頼んだ。

話を聞いてくれたオルトンは、テストとして、通常弾にプルンブムの髪を合体させてくれた。

これを俺がまず使って、テストしてみることにした。

屋敷に戻って、いったんプルンブム地下一階に転送して、テトラミンに出た。

分裂の対策であるプルンブム武器、今後はそれを冒険者に配給、もしくは販売する事になる。

その事を引き受けてくれる商人はどこかにいないか、それを探そうとした。

が、ダンジョンからテトラミンに出た瞬間。

「ああ！　リョータ様！」

「うん？」

切羽詰まった声に振り向くと、そこにテトラミンダンジョン協会の会長、デールがいた。

彼は汗だくで、必死な形相をして俺に駆け寄ってきた。

「どうしたんだ？」

「出たんです！　ダンジョンマスターが！」

「なに!?」

「ダンジョンの中で暴れ回ってます。攻撃したら分裂するかもしれませんので、誰も手が出せません」

「分かった。俺が行く」

出たばっかりのプルンブムダンジョンにまた入った。

さっきは気づかなかったが、確かにダンジョンマスターが出ている時のオーラがする。それにほかのモンスターもまったく見当たらない。

こうしちゃいられない、と、俺はダンジョンを駆け下りていった。

次々と駆け下りていき、地下15階にやってきたところで、そいつと遭遇した。

「……へ？」

間抜けな声が出た。

目の前に鏡があったら、おそらくものすごい間抜けな顔をした男の顔が拝めただろう。

目の前にいたダンジョンマスターは人型だった。

成人男性で、プロテクターにジャケットを着て、二丁拳銃を持っている。

まるで俺みたいだが……。

「俺、薔薇《ばら》しょってたりキラキラしてないよな……」

脱力したままつぶやいた。

アリスの召喚魔法で呼び出したりょーちんと同じように俺っぽいが、方向性はまるで違っていた。

りょーちんは俺がぬいぐるみのようにデフォルメした外見だ。

そのため愛嬌《あいきょう》があって、見ていて変な気分にはならない。

だけど、このダンジョンマスターは違う。

一言で言えば、少女マンガの主人公——じゃないかな。

ヒロインの事をなんだかんだで好きになってしまう、万能超人男子みたいな感じだ。

やたらとキラキラしたり、背景に薔薇をしょっていたり。

なんというかもう、画風が違う世界だ。

なんでこんなことに――などと悩む暇もなく。

ダンジョンマスターは銃を構えて、銃弾を撃ってきた。

まっすぐ飛んでくる、なんの変哲もない銃弾。

それを弾き飛ばすと、今度は踏み込んで、肉薄して接近戦を挑んできた。

ちょっとほっとした。

りょーちんみたいに俺と同じ強さだったら分裂も相まってやっかいだったが、速度もパワーもたいした事なかった。

ステータス換算で、オールAってところだ。

この程度なら倒せる。

俺は攻撃にならない程度にダンジョンマスターを拘束して、たった一発だけ作ってもらった試作の弾丸、プルンブム弾をそいつの脳天にぶち込んだ。

「……うげ」

自分っぽい顔をした少女マンガ風イケメンが脳天に銃弾を喰《く》らって倒れていくのはあまり見ててておもしろいもんじゃない。

が、倒す事は出来た。

俺っぽいダンジョンマスターがドロップしたのは鍵。

錆《さ》びた鍵だ。

それをとりあえず拾って、ポケットに入れる。

ダンジョンマスターは倒れて、ダンジョンに再び普通のモンスターが戻ってきた。

ダンジョンを出て、入り口で待っていたデールに報告した。

「もう大丈夫か」

「おお！　さすがリョータ様。この一瞬でダンジョンマスターを倒してくれてありがとうございます！」

「気にしないでくれ。それよりも相談したいことがあるんだ」

俺は武器の事をデールに話した。

プルンブム武器を使えばモンスターが分裂しなくなるって事を話した。

「なんと！　そんな武器が！」

「明日、試作品第一号を持ってくる」

プルンブム弾はさっき使ったけど、ほかの冒険者でも使えるという意味での本当の試作品は明日になる。

「それで、武器の流通と管理を頼める人が要《い》る、頼めるか」

聞くと、デールは何故かジーン、と感動したっぽい反応をした。

「お任せ下さい！　私が責任持ってなんとかします！」

「そうか？」

「はい！　リョータ様に頼ってもらえるなんて……絶対になんとかします」

「分かった。じゃあ頼む」

これでこの件はひとまず終了。さて今日もプルンブムの所に行くか。

地下一階に入って、ここに来た転送ゲートを使っていったん屋敷に戻って、そのままプルンブムの部屋に転送した。

「おはよう、今日も来たぞ」

声を掛けるが、反応はなかった。

よく見ると、プルンブムは一心不乱に何かを描いている。

何を描いてるんだろう、そう思って近づいて肩越しに見たが。

「うおーい！」

本日二度目の、変な声が出た。

プルンブムが描いてたのは、俺。

正確に言えば、少女マンガ風イケメンの俺。

つまりさっきのダンジョンマスターだ。

彼女は一心不乱にそれを描ききってから。

「ダメじゃな……本人はもっと格好いいのじゃ……」

「いやそんな事はないぞ⁉」

「ひゃあ⁉」

思わず盛大に突っ込んで、プルンブムを驚かせてしまった。

が、あえて言おう。

そんな事はないぞ、と。

どうやら、プルンブムの（超美化）した俺のイメージが、ダンジョンマスターの姿を作り替えた。

# 269．精神〇時〇部屋

夜、屋敷の地下室。

夕食の後、俺は一人でこそこそ地下室に来た。

地下室の一番奥、離れた場所にポケットから出した鍵を置く。

プルンブムのダンジョンマスター、彼女《プルンブム》が１０００％美化した俺っぽいヤツがドロップした鍵。

あれから色々試したが、アイテムとしての効果はまったく無かった。

ならば通常効果は捨てて、ドロップSでハグレモノにして強化・再生してみようと判断した。

だから一人で地下室にやってきた。

仲間達を避けて、こそこそと。

なぜなら——。

「あー、リョータここにいた」

「何をしてるのよ、エミリーがクッキーを焼いたわよ。さあ、さっさとサロンに戻ってお茶をするよ」

陽気コンビ、アリスとアウルムが現われた。

アウルムがミーケと組むようになって、行動に制限がなくなってからは、二人は一緒に行動する事が多くなった。

どちらも陽気で直情的な性格で、かつ可愛らしいモンスターを連れ回してる。

まるで姉妹、それか長年の親友のように仲良くなった。

その二人が俺を探しに来た——最悪のタイミングで。

奥に置いた錆《さ》びた鍵が時間経過でハグレモノに孵《かえ》った。

「わわわ、この空気って」

「ダンジョンマスターね。邪魔になるタイミングにやってきちゃったね」

と、二人は空気を感じ取り、申し訳なさそうな表情をした——のも、ほんの一瞬だけのこと。

「なにあれ、あはははははは」

「ぷっ……リョータ？　リョータよね、あれ」

「リョータがキラキラしてる、バックに薔薇《ばら》しょってる。ぎゃははははは」

「笑っちゃだめよ……ぷぷっ」

１００００％美化俺、ダンジョンマスターの姿をはっきり視認すると、二人は盛大に笑い転げた。

「あーおかしい……りょーちん！」

何故か、アリスは召喚魔法「オールマイト」でりょーちんを呼んだ。

この瞬間、俺と俺のパチモン二体、合計三人が地下室に存在した。

一堂に会すこの光景、なかなか強烈だ。

「なに、どうしたのいきなりその子呼んで」

「いやさ、こっちのこの子、いかにも『りょーちん』って顔じゃん？」

「そうね、どこからどう見ても『りょーちん』って顔ね」

意気投合するアリスとアウルム。どうやらネーミングセンスも一緒みたいだ。

いかにも『りょーちん』顔ってどういう顔だ——と思ったが分からなくはない。

「だからさ、あれ、なんて名前なのかなって思って」

「そりゃあ……ねえ」

「だよねー」

アリスとアウルム、二人は意味深に頷《うなず》き合ってから。

「「リョー様」」

ユニゾンした。

おっふぅ……って感じだ。

こういう事になりそうだと思ったからこそやってたのに、結局見つかっていじられる羽目になった。

「りぺてぃしょん……」

俺はがっくりきて、最強周回魔法でリョー様を倒した。

ハグレモノリョー様が消えて、黄金の鍵をドロップした。

最初の錆びた鍵と形は一緒だが、色が黄金色になって、キラキラと光り輝いていた。

「ありゃりゃ、倒しちゃったよ」

「もうちょっと見たかったのに。ねえ、そういえばリョータって召喚魔法とか使えた？」

「え？　どうだろ、なんで？」

「使えるのならさ……白馬呼び出して乗せると似合うじゃん？」

「乗りそう！　あっ――バイコーンいるじゃん！」

「白い二角獣！　リョー様とバイコーン。いいね、似合うね」

「やめてお願い」

俺はますますがっくりきた。

二人の盛り上がりが今はつらい。

「白馬なくてもすごく絵映えするけどね」

「ねー、有名な画家を呼んで描かせたい。あっ、彫像とかもいいかもね」

「彫――はっ！」

俺はパッと駆け出した。

地下室から出て、廊下に飛び出した。

「――――」

窓の外にセルがいた。

目が合った彼はシュバババ、って感じで逃げ出した。

「……マジかよ」

俺は絶望して、そして諦めた。

この世界で造幣権利を支配している一族の、その更に重鎮。

セル・ステム。

ものすごく偉い人だが、何故か俺の大ファンで、ことあるごとに俺の「活躍」を銅像とかフィギュアにしている。

多分見られた。

リョー様、フィギュア化決定！

なんて、ラノベ風の告知が頭の中に浮かんだ。

俺は肩を落として、トボトボと地下室に戻った。

「おかえり、どしたの」

「セルがいた……」

「って事は銅像化決定ね！」

「なんで嬉《うれ》しそうなんだ……」

あきらめがゴールまで到達して、一周回って笑いが出た。

あっちの事はもうどうしようもない、忘れよう。

こっち――アリスとアウルムの事も忘れよう。

仲間だし……うん忘れよう。

それよりもドロップ品だ。

俺はリョー様がドロップした、黄金の鍵を取り出した。

「それがさっきドロップしたアイテムだよね」

「ああ」

「どういうものなの？」

「分からん。錆びた鍵から黄金の鍵に変わったから、パワーアップしたんだろうけど……元も知らないからな……」

俺はなんとなく、鍵を持って、解錠するかのようにひねってみた。

すると——ドアが現われた。

だだっ広い、何もない屋敷の地下室にドアが現われた。

「なにこれ！　秘密の部屋っぽい！」

アリスは大興奮して、肩に乗ってるモンスター達も可愛らしく盛り上がった。

一方で、俺はドアをじっくり観察した。

部屋のまん中に、まるでサンプル品のようにドーンと立っているドア。

ドアの上に数字があって、電卓の様な書体で「01」と表示されていた。

「01……どういう意味なんだろうな」

「一人だけ入れるってことかな」

「それか一回だけ入れる——普通に考えたらこの二つのうちのどちらかだな」

「入ってみよっか」

「待て、アウルムは後だ」

「なんでさ」

「ドアがダンジョン属性って可能性もある。ミーケがいるとは言え、そういう場合危険が伴うかもしれない」

「……ちぇ」

アウルムは唇を尖《とが》らせながらも、聞き分け良く引き下がった。

ダンジョン属性ってのは俺が今作った言葉だが、精霊である彼女はダンジョンの出入りで消滅するっていうことを本人もよく分かってるから、すぐに理解した。

「じゃあ、あたしかリョータだね」

「そうだな」

「よし、あたしが行こう」

「いいのか？」

「うん！　なんかさ……すっごいわくわくするにおいがするんだ」

「なるほど」

やっぱりダンジョン属性なのかなって思った。

ダンジョン生まれのアリスは、ダンジョンのいろんな事を「におい」の違いで嗅ぎ分けられる。

彼女がそう言うからには、ドアの向こうはダンジョンかそれに類する空間の可能性が高い。

「だからあたしに行かせて」

「分かった。気をつけてな」

「うん！　じゃあアウルムちゃん、行ってくんね」

「大丈夫だったら次はあたしだからね」

「りょーかい！　ほいじゃ！」

アリスはテンションが高いまま、ドアを開けて中に入った。

彼女が入って、ドアが自動的に閉まった途端。

「01」が、「00」になった。

「減ったね」

「人数か回数か、これだけじゃ分からないな。01と00って事は増やす事も出来るのか、どうやってだ？」

「リョー様と、きゃっきゃうふふを繰り返すとか？」

「それしかないか――ってその表現やめっ」

突っ込みつつ、可能性の一つではあると思った。

あのダンジョンマスターを倒して、鍵を増やして人数の上限を増やす。

ほかには日数経過か。

毎日1とか2とか、数が増えたり回復したりするパターンだ。

そのあたりも詳しく検証を――。

「たっだいまー！」

ドアの中に入って約一分、アリスはハイテンションで戻ってきた。

「早かったな、どうだった中は？」

「それがね、ってかね、あたし中に入ってどれくらい経った？」

「どれくらいって……」

「……一分かそこら、かな？」

「ふっふふーん」

俺はアウルムと互いを見て、頷き合った。

それを聞いたアリスはますますハイテンションになった。

「なんと！　あたし、中に一日いたんです！」

アリスは腰に手を当てて、もう片方の手を突き出してVサインをした。

——って、中に一日?

「どういう事なのよ」

「中に説明文があったんだけど。なんか中の一日は外の一分ってことらしいんだ」

「うーん、よく分かんない」

「……いや」

よく分かるよ。

夢の様な、俺くらいの歳の男の子なら一度は夢見る、夢の様な部屋だ。

ドアの上に表示された「00」。

このドア、いや部屋の事を。

もっとよく知りたい、俺は強くそう思った。

## 270．リョータのブロマイド

次の日、屋敷の転送部屋を使って、プルンブムの所にやってきた。

「おはよう」

「あっ……」

声を掛けると、それまで下を向いて何かを描いていたプルンブムが顔を上げた。

俺の姿を見ると、嬉《うれ》しそうに微笑んだ。

「待っておったのじゃ」

「何を描いて……ああ」

近づいて彼女の手元をのぞき込むと苦笑いした。

プルンブムが描いてたのは俺。

俺なんだが……俺であって俺じゃない。

リョー様。

アウルムとアリスが名付けた、ダンジョンマスター・リョー様だ。

「そなたがいない間、これで無聊《ぶりょう》を紛らわせていたのじゃ」

「そうか。それなんだが、頼みがあるんだ」

「なんじゃ？　ほかの誰でもないそなたの頼み、妾《わらわ》に出来る事ならなんでも叶《かな》えるのじゃ」

微笑むプルンブム。心苦しいがそう言ってくれると助かる。

因果関係は直接確認してないけど、多分間違いないと思う。

ダンジョンの精霊である彼女がこうして描いてる影響で、ダンジョンマスターの見た目は「リョー様」に変わった。

ならば、彼女がこうして描いてる俺の見た目を変えればいい。

ダンジョンマスター・リョー様よりも、ダンジョンマスター・佐藤亮太《さとうりょうた》の方がいくらかマシだ。

りょーちんとかでもいい。

「もっとこう、普通に描いてくれないか」

俺は言葉を選んで彼女に頼んだが。

「普通？　妾は見た目通り描いてるだけじゃが？」

「ふぇっ⁉」

びっくりしすぎて変な声が出てしまった。

見た目通り描いてるって……見た目通り？

俺は彼女が描いたリョー《俺》様を改めて見た。

さらさらヘアーに、キラキラ瞳。

背後だけじゃなくて口にまで薔薇《ばら》をくわえているこれが見た目通りだって⁉

「……そ、そうか」

その瞬間、俺は察した。

ああ、これは何を言ってもどうしようもないパターンだって。

もう彼女の好きにさせよう。

「ふふ……」

何しろプルンブムは俺と、彼女自身が描いた「俺」を交互に見比べて嬉しそうにしてるんだ。

最初に会った時のギスギスでやけくそな表情に比べれば全然いい顔だ。

なら、止める事は出来ない。

「頼みというのはそれでよいのかえ？」

「ああ、それでいい」

「ならば、今度は妾の頼みを一つ聞いてたも」

「なんだ？」

「手を……握らせてくれ」

「手？」

俺はまず自分の手をじっと見てから、彼女に差し出した。

握手でもするのか？　それとも指をからめての恋人繋《つな》ぎ？

展開を予想したが、どっちでもなかった。

プルンブムは俺の手をまるで確認するかのように、握ったりいじったりしてみた。

まるでその形を確認するかのように。

「何をしてるんだ？」

「実はのう、手がどうしても上手く描けないのじゃ。だからそなたの手を実際に触ってみて、それで描けるようにならないか、と思ってのう」

「なるほど。確かに手は難しい」

俺は絵が苦手な方だ。

子供の頃から思春期に教科書の隅とか、ノートに落書きをした事があるが、人を描く時は常に手はポケットの中か背中で組んでる。

手はまったく描けない、と言っていい。

だからプルンブムの「手は難しい」というのに、ものすごく共感出来た。

プルンブムはしばらく俺の手の形を確認した後、再び絵を描き出した。

ちらっとのぞき込むと、今度は全身じゃなくて手だ。

これならば大丈夫だ、好きに描かせよう。

と、思ったのだが。

「出来たのじゃ」

「色っぽーい！」

プルンブムが描く（多分）俺の手はものすごく色っぽかった。

しなる指先、関節と肉のバランス。

ただの手なのに、そこはかとない色気が滲《にじ》み出ていた。

ぶっちゃけセクシーだ。

「うむ、実物通りに描けたのじゃ」

「…………」

満足するプルンブムに、俺はもう、苦笑いするしかなかった。

☆

午後、プルンブム、地下一階。

俺とテトラミンの協会長のデール、そして各買い取り屋や商会の代表者達。

それらが集まって、一人の冒険者が今からする事を見守っていた。

若い女性の冒険者で、露出の大きいビキニアーマーを装備している、典型的な女戦士。

そんな彼女はロングソードを一振り持っている。真新しいロングソードだ。

それをふるって、空中を泳ぐ魚タイプのモンスターを斬る。

斬られたプルンブムのモンスターは倒されなかったが、分裂もしなかった。

「「「おおおおお⁉」」」

歓声が上がった。

その場にいる誰もの、分裂しなかった事に向けた歓声だ。

一番近く、そばに立っていたデールが俺の手を取った。

「ありがとうございます！　ありがとうございますリョータ様！」

「まだ試作品だけど、上手くいったからこの感じで量産させる事にする」

「はい！　ありがとうございます‼」

感激して、俺の手を握る手に力が入るデール。

女戦士が使っているのは、オルトンに作らせたプルンブム武器の試作品だ。

プルンブムの髪の毛を素材に使ったそれは、このダンジョンのモンスター分裂を防ぐ効果がある。

今まであったダンジョンの効率低下を改善する特効薬になる武器だ。

この武器を使えば、プルンブムは普通のダンジョンと同程度の効率で狩りが出来る。

「これなら……テトラミンは昔通りに……」

「いや、昔以上になると思う」

「え？　ど、どうしてですか？」

訝《いぶか》しむデールに、俺は彼の背後を指さした。

「何もありませんが……」

「ないからなんだよ。さっきまでそこに商人達がいただろ」

「あっ……みんないなくなってる」

「金《かね》になるって確信したから、みんな一斉に動き出したんだよ。多分準備はしてあるけど止めて、この結果で一斉に動かしに行ったんだろ」

「なるほど！」

商人ほど機を見るに敏な人種もいないけど、この場合はそれが安心に繋がる。

デールは見るからにはっきりとホッとしていた。

「本当にありがとうございます」

「気にしないでいいさ。俺は俺がやりたいことをやっただけだから」

むしろ感謝をするべきなのは俺の方かもしれない。

デールが来てくれなかったら、今でもプルンブムはあの空間で怨嗟《えんさ》を振りまいていた可能性が高い。

それをなんとか出来たきっかけをくれたデールに感謝したい。

「あっ」

「どうした」

ふと、試作のロングソードで試し斬りを続けていた女戦士が声を上げた。

腰を屈んで何かを拾ったが、それを見て困った表情をしている。

どういう事なのかと近づいてみた。

「これ……」

「これって……ぶ、ブロマイド⁉」

女戦士が俺に見せたのは写真サイズの絵。

俺が——いや違う。

リョー様が描かれたブロマイドだ。

「どうしたんだこれは?」

「モンスターを倒したらドロップしたんだ」

「これが?」

「名前は『リョータの威光』あっ……使用アイテムか」

ブロマイドを持ったままの女戦士がハッとする表情をした。

手に取ったことで何かを感じたのか?

直後、彼女はブロマイドを「使った」。

するとブロマイドが消えて、代わりに「リョー様」が現われた。

「なっ――」

ダンジョンマスター・リョー様。

俺はとっさに手を突き出してリペティションをかけようとしたが――気づく。

ダンジョンにモンスターは存在したままだ、ダンジョンマスターの空気でもない。

どういう事だ？　と不思議がっていたらリョー様が動いた。

もっとも近くにいる、空中を泳いでる魚に攻撃した。

俺をベースにしたリョー様は、女戦士よりも遥《はる》かに強力な攻撃で、モンスターを一撃で葬った。

モンスターは消えてドロップして、リョー様も消えた。

「ああ……なるほど」

「ど、どういう事ですかリョータ様」

「一度限りの消費アイテムだ」

一人状況を飲み込めていないデールに説明しつつ、再現してみせようとする。

俺はフロアに残った全部の魚にリペティションをかけて、まとめて倒していく。

三十体ほど倒したところで、ブロマイドが一枚出た。

ブロマイドを拾うと、消費アイテム『リョータの威光』という名前が頭の中に浮かんだ。

それを使った。

手がとてもセクシーなリョー様が現われて、近くにいるモンスターを一撃で倒して、ブロマイドごとなくなった。

「こんな感じだな」

「すごい！　こういう形で出るってことは、リョータ様が精霊に認められたからなんですな」

「さすがリョータファミリーの長だ！」

デールと女戦士、二人は尊敬の眼差《まなざ》しで俺を見る。

たしかに精霊に認められてこうなったのは事実なんだが……。

異世界に転移してきてから何回も「すごい」とか「さすが」とか言われてきたが。

こんなに恥ずかしい「すごい」は初めてだった。

……二人が本気でそう言ってるのが恥ずかしさに拍車を掛けた。

# 271．いつも予想以上

　ある日、プルンブムの所に行った帰りに、テトラミンの街に出た。

　プルンブム武器が出来てからはいろんな商人がテトラミンになだれ込んできて増改築をすすめる様になったが、それとは違って、冒険者の数が増えた気がした。

　どういう事なんだろう、と、活気に満ちたテトラミンの街中で俺は小首を傾げていた。

「リョータ様」

「デールか……なんか忙しそう？」

　話しかけてきたデールは汗だくだった。

　わずかにほつれた髪がおでこにべったり張り付いていて、いかにも仕事で忙しそうな感じだ。

「はい！　おかげさまでテトラミンに転居してくる冒険者が増えました。今日もこれから街の住宅区画の拡張についての打ち合わせです」

「へえ、希望者が増えたのか」

「それもこれもリョータ様のおかげです」

「プルンブム武器のおかげか」

「いえいえ、それだけではありません」

「うん？」

　どういう事だ？　と小首を傾げる。

デールはまるでアイドルの出待ちをするファンの様な尊敬しかない目で俺を見ていた。

「『リョータの威光』ですよ。あれを使ってモンスターを倒したら、１００％ドロップすることが分かったんですよ」

「そうだったのか」

なるほど、プルンブムには俺はそう見えるのか。

「大体三十体モンスターを倒したら一回確定ドロップがついてくる。そのおかげでプルンブムダンジョンの効率が全ダンジョンの中でも上位になったんですよ。それで転入希望者が」

「なるほど、それはお得感が強いな」

感覚を想像してみた。

平均三十回ごとに一回当たるとなれば、効率が上がるのもそうだけどテンションも上がる。

「俺なら溜《た》めて溜めて、何十枚か溜めて一気に使うな」

「そういう冒険者もいるようですよ」

「だよな」

そっちの感覚はもっと分かる。

なるほど、人気が出るわけだ。

「なので、本当にリョータ様のおかげです。本当にありがとうございます！」

デールは腰を九十度に折って、深々と頭を下げた。

「た、大変だ！」

ふと、遠くから一人の男が走ってきた。

男はデールの姿を見つけると、一目散に走ってきた。

「どうしたピエール」

「だ、ダンジョンマスターです、ダンジョンマスターが出ました！」

「なに⁉」

「行ってくる」

俺はそう言って、今し方出てきたプルンブムダンジョンに向かって駆け出した。

ダンジョンマスターは倒すのが早ければ早い方がいい。

既に倒した事があるし俺が行けばリペティション一発だから、やってしまおうかと思った。

プルンブムダンジョンに入ると、モンスターのいないダンジョンを下へ下へ進む。

すると、とんでもない光景を見た。

ダンジョンマスター・リョー様がちょうどやられる光景だ。

やったのは冒険者達――もとい、冒険者達が使った「リョータの威光」。

ブロマイド召喚の「リョー様」が十数体、そいつらがダンジョンマスター・リョー様をたこ殴りにしている、とても不思議な光景。

ダンジョンマスター版リョー様の方が多少強いが、多勢に無勢《ぶぜい》。

そいつは実にあっけなく、大量のブロマイド版リョー様にやられてしまったのだった。

☆

「聞いたよ、先行試作型対量産型軍団の対決だったみたいじゃないか」

夜、屋敷のサロン。

訪ねてきたネプチューンは楽しげに言った。

なんだ、そのロボットアニメ的な表現。

「ダンジョンマスターもキミ、それを倒したのもキミ。しかし本当のキミはそこにはいない。不思議だろ?」

「そういえばそうかもしれない」

「僕からもお礼を言わせてもらうよ。あの一件で更にプルンブムの評価が上がったんだからね」

「なるほど、お前はテトラミンに投資してたからか。でもなんで上がったんだ?」

「ダンジョンの中でも珍しい、ダンジョンマスターが脅威にならないダンジョンだからだよ。ダンジョンマスターが出たところで、慌てて討伐する人間を送らなくても、現地の人間で対策できるシステムができあがってるからね。安全安定で周回できるダンジョン」

「……そりゃ人気も上がるな」

「しかし、キミってすごいね」

「うん?」

「毎回毎回、求められる以上の事をやってしまうんだからね」

ネプチューンは更に、楽しそうに笑ったのだった。

# 272．ブロマイドの新たな使い道

「あれ？　マーガレットじゃないか」

この日、プルンブムの部屋からダンジョンの方に出ると、知っている顔に遭遇した。

金色のふわふわヘアーに清楚《せいそ》な赤いリボン、お淑《しと》やかな見た目にとてもよく似合っている純白のドレス。

腰にある大きな白いリボンを揺らしながら大剣を振るってモンスターにトドメを刺している。

マーガレット。

この世界でもっとも俺と似ている、リョータファミリー傘下、マーガレットファミリーのリーダーだ。

「リョータ様！」

俺の事に気づき、振り向いた瞬間、マーガレットは華やいだ表情で駆け寄ってきた。

その背後にはいつもの通り、姫を守る四人の騎士が付き従っている。

確か名前は――ラト、ソシャ、プレイ、ビルダーだったっけ。

……誰が誰なのかは実はよく知らない。

本人達が意図して、「姫様を陰からお守りする」ことに徹して、各々の個性を消しているからだと思う。

「お久しぶりですわ！」

「久しぶり。プルンブムに来てたのか」

「ええ、噂《うわさ》を聞いて。これは是非来なければと思ったのですわ」

「噂？　マーガレットを来させるような噂ってなんだ？」

ここ最近プルンブムダンジョンとテトラミンに深く関わってるけど、それっぽい事に心当たりはない。

マーガレット姫、空気缶とツアー権を商品にしているアイドル冒険者。

ミルク——畜産ダンジョンプルンブムとは縁がないはずだ。

「それは——」

「姫様、次のモンスターが現われました」

「いけない、そろそろでしたわね」

「露払い、させて頂きます」

騎士の一人——どの名前の人なのかは覚えてないけど、毎回四人のうちのリーダーっぽく振る舞っている人が恭《うやうや》しく頭を下げた。

「ちょっと待ってくださいね」

「それはいいけど」

どういう事なのかと不思議がっていると、マーガレット達はモンスターに向かっていった。

相変わらず完成された戦法である。

先行する四人の騎士が攻撃をしかけて、モンスターを弱らせる。

その見極めは完璧だった。

四人がものすごい猛攻をしかけたと思ったら、ある瞬間ピタッと攻撃の手が止《や》む。

攻撃されたモンスターはというと、ヘロヘロで誰の目にも分かる瀕死《ひんし》だ。

それをマーガレットが更に一歩踏み込んで、大剣をぶん回す。

能力の一枚目がオールFで、全冒険者中最弱。

しかし二枚目のドロップがオールAで、全冒険者中最強のドロップ率。

マーガレットは「トドメに特化」する事で光る冒険者だ。

大剣が瀕死のモンスターを切り裂いて、アイテムがドロップした。

牛乳じゃなくて、リョー様ブロマイドだ。

「やった！　出ましたわ！」

「「「「おめでとうございます」」」」

ブロマイドを手にして大喜びするマーガレット。

それに対し、四人の騎士はさっと片膝をついて、頭《こうべ》を垂れた。

相変わらず「姫と騎士達」が美しく完成されたファミリーだ。

「なんだ、それ目当てだったのか」

「はい、そうですわ」

マーガレットはリョー様ブロマイドを大事そうにしまった。

「使わないのか？」

「そんな！　今使うなんてとんでもない！」

「そうなのか？」

じゃ、どんな時に使うんだろうと不思議になった。

「はい！　さあどんどん行きますわよ。ラト、ソシャ、プレイ、ビルダー」

「「「「はっ」」」」

「それではリョータ様、申し訳ありませんが……」

「ああ、邪魔して悪かった。またどっかで」

「はいですわ」

マーガレットが去っていくのを見送った俺。

「本当、なんで使わないんだろう」

「最近使わない流れが出来たんですよ」

いきなり横から声を掛けられて、驚く俺。

デールがいつの間にか横に来ていた。

ちょっと驚いたが、すぐに落ち着いて、聞き返した。

「使わないって、なんでだ？」

「あれを様々な冒険者が使っていくうちに一つの特性が発見されまして。召喚されたリョータ様
――」

リョータ様だけどな。と心の中で突っ込んだ。

あの少女マンガチックなのがストレートに自分だって言われると恥ずかしい。

『リョータ様』ならまだ別キャラだと言い張ることが出来る。

「――は、一番近くにいるモンスターに一撃を加えて、その直後に消えるんですよ。でもモンスタ

ーがいなければ、攻撃も消えることもなく、その場で棒立ちになってしまう」

「へえ、そうなのか」

「それを利用して、警備用に転用する動きがあるんです」

「……ああ」

俺は納得した。

リョー様はアイテムじゃない。ブロマイドならアイテムだが、リョー様はそうじゃない。

ブロマイドからは元の宙に浮く魚モンスターが孵《かえ》るが、リョー様はハグレモノに孵らない。

そして強大な攻撃力があって、更にモンスターが現われるまで棒立ちで、見つけた瞬間攻撃をしかけるから、自動警備ロボとして使える性能だ。

「それでブロマイドそのものもかなりの値段で売れるようになって、使わずに換金する人が増えました」

「なるほど、マーガレットもそうなのかな」

彼女が使わずにしまったのを、何となく納得した。

☆

ゲートを経由して、屋敷に戻ってきた。

さて次はアウルムを経由して、リョータの村で加速弾を回収してくるか。

なんて、思っていると。

「ありがとう！　セレストさん」

「お礼を言われるまでもないわ。ちゃんと報酬をもらっているもの」

「はい、ありがとうございます」

離れた所から仲間の声が聞こえてきた。

とても聞き慣れた声ですぐに誰なのかが分かった。

セレストと、エルザの二人だ。

話の内容が気になって、転送部屋を出て、声の方に向かっていった。

屋敷の奥の部屋、『燕《つばめ》の恩返し』の出張所にエルザはいた。

既にセレストはどこかに行った後みたいで、エルザは一人で部屋の中にいた。

ポン、とドロップ品が転送されてきた。

山ほどの花だ。

多分エミリーのドロップ品だろう、それが魔法カート経由で転送されてきた。

それをテキパキ集計するエルザ、数字を台帳に書き込んでいる。

『燕の恩返し』出張所。

リョータファミリーの収穫はカスタムの魔法カートを通してここに転送されて、専属で派遣されたエルザがそれを集計する。

そういえばエルザが仕事するところってあまり見たことがない。

ほかの仲間達は一緒にダンジョンに行くこともあって、普段どうしてるのか大体分かる。

エルザはそうじゃないからあまり知らない。

普段はどうしてるんだろう？

それが気になって、声を掛けるのをしばらく待って、観察しようと思った。

——が。

「リョータさん」

「うわっ！　ってセレスト。まだいたのか」

背後からいきなりセレストが現われた。

「ええ、それよりもリョータさん、ちょっとお願いしたい事があるの」

「お願いしたい事？　分かった、なんだ？」

「一緒に来て」

仲間からの頼まれごととあっては断るわけにはいかない。

俺はセレストの誘いに乗って、身を翻して、一緒にその場から離れた。

「武士の情け……いいえアフターサービスよ」

「どうしたんだセレスト、振り返ってぶつぶつ言って」

「いいえ、なんでもないわ。さあ行きましょう」

「ああ」

改めて、俺はセレストと一緒にその場から立ち去った。

☆

亮太《りょうた》とセレストが立ち去った後の、『燕の恩返し』の出張所。

つい直前まで見られていたことを知らないエルザは、転送が一段落したところで、セレストから入手してもらった物を取り出した。

今、一番人気でホットな商品。

プルンブム産の、リョー様ブロマイド。

「リョータさん……」

エルザは頬を染めて恥じらいながら、ブロマイドを使った。

少女マンガタッチの亮太――リョー様が召喚された。

リョー様は召喚された後、周りにモンスターがいなければ棒立ちをしてしまう。

『燕の恩返し』の出張所。

当然ながらモンスターはいなくて、花をバックにしょったリョー様はキラキラと動かずにいた。

「うふふ……」

そのリョー様を見て、更に恥じらって微笑むエルザ。

彼女はそっとリョー様を座らせて、自分もその横に座って。

一人っきりの仕事場で、エルザはリョー様に膝枕をして、うっとりとしてしまう。

ごくごく一部の間で、リョー様をこのように使う人が増えているという……。

# 273. プルンブムとの逢瀬《おうせ》

テトラミンの街、『燕《つばめ》の恩返し』支店。

次々と持ち込まれてくる買い取り品、プルンブム産の様々なミルク。

その買い取り品と冒険者で、店内はものすごく賑《にぎ》わっていた。

「はい、買い取り金額の2万ピロです」

店員の一人が冒険者にお金を渡して、代わりに武器を受け取った。

「あれは？」

俺は横に立ち、一緒に目の前の光景を眺めている、テトラミンダンジョン協会長のデールに聞いた。

「リョータ様が用意してくれた武器、しばらくの間レンタルのみにする事にしました。まだ数が少ないので、買い取りだと持ち主がダンジョンに行かない日もあるので」

「なるほど、貸し出して、買い取りの時に返却するって事か」

デールははっきりと頷《うなず》いた。

「最初は武器の数が少ないことの応急措置だったのですが、これが免許としても機能してますので、今後はこのまま行こうかと思ってます」

「なるほど」

俺は頷いた。

いい方向に作用しているのなら何よりだ。

「ふう、今日も稼いだ稼いだ」

「飲み行こうぜ」

「おう！　今日はちょっといい店に行こうぜ」

「賛成」

俺たちの横をすり抜けて、店の外に出る冒険者の一団。

やりとりがものすごく景気が良かった。

「おお……少し前からはとても想像出来なかった光景……」

それを聞いたデールが感極まっていた。

「よかったな」

「はい！　実は昨日すごい話も来たのです」

「すごい話？」

「銀行がこの街にも支店を出したいって打診が」

「へえ、すごいじゃないか」

俺は素直に感心した。

数多くの商人の中でも、銀行ほどストレートに金《かね》のにおいに敏感な所もない。

それがこの街に目をつけたってことは、テトラミンの更なる発展に確信を持ったからなんだろう。

すくなくとも、金の流れが増えるって事だけは間違いない。

今は、とりあえずそれで十分だろう。

「リョータ様」

「うん？」

「本当に！　本当にありがとうございます！」

デールは俺の手を取って、力強く握り締めて、何度も、何度も頭を下げた。

デールに頼まれた事とは違ったけど、テトラミンはもう大丈夫だな。

☆

転送部屋を経由してやってきた、プルンブムの部屋。

「おお、よくぞ来てくれたのう」

いつもの様に、手元に視線を落として何かを描いているプルンブムが、顔を上げて、笑顔で俺を迎え入れてくれた。

「よく俺が来たことが分かったな」

「ふふ、当然じゃ」

何が当然なのだろうか。

最初の頃は声を掛けていた。声を掛けると顔を上げてくれる……当たり前の光景だ。

何日か経った頃には声を掛ける前から顔を上げるようになった。

足音とかで判別してるんだろうか。

「そなたの気配は、天と地がひっくりかえろうとも見逃さぬ」

「ちょっと大げさなんじゃないのか？」

「そんな事はない！」

プルンブムは強く主張した。

「そなたの存在を感じ取るだけで、こう、胸がじんわりと温かくなるのじゃ。これほどの甘美な物をむざむざ見逃すなどあり得ぬこと」

「そうか。それよりも……今日は何を描いてるんだ？」

「うむ、そなたは冒険者と言ったな」

「ああ」

頷く俺。

「様々なダンジョンに行き、様々な難事件を解決したと聞く」

「まあそれなりに」

「それを描き留めているのじゃ。他のダンジョンなど知らぬから、ほとんどが空想で補完しているがのう」

「へえどれどれ……って、マンガになってるじゃないか」

「ほう、これマンガというのか」

「しかも上手い！　独学でこんなに描ける人、初めて見たぞ」

プルンブムが描いてるものは、プロのマンガ家に勝るとも劣らない程のクオリティをした生原稿だった。

一枚や二枚じゃない、かなりの量がある生原稿。

クオリティと量、両方兼ね備えた原稿の山は、印刷して製本してしまえばもうマンガになるレベルだ。

「ああ、俺がやたらと格好いいのはそのままなんだな」

マンガに描かれている俺は、やっぱり少女マンガの主人公だった。

「何度も言うが見た目通り描いてるだけなのじゃ」

「そ、そうか……お？　これは……お前か」

「う、うむ」

プルンブムは頬を染めて、微かに頷いた。

マンガに登場してきたヒロインはプルンブム本人だった。

こっちは脚色無し、ほとんど彼女そのままでそっくりに描かれている。

もっともプルンブムはものすごい美女だから、そのままで「リョー様」を上回るくらいの存在感がある。

「ほうほう……これってもしかして……エミリーの話か？」

「う、うむ。そなたが話してくれた物語を描いてみたのじゃ」

「なるほど」

ちょっと面白かった。

マンガは、俺とエミリーが出会った物語だ。

スライムからドロップされたらしいという俺の異世界転移から始まって、エミリーに竹槍《たけやり》を借りて、必死にダンジョンで稼いで、最初のアパートを借りた話。

自分がやった事がマンガになる、なかなか無い経験で、ちょっと面白かった。

「あれ?」

マンガは、エミリーが俺に「一緒に住もう」と言ったところまで描かれている。

話はここで終わりだ。このエピソードはプルンブムには、ここまでしか話していない。

なのに、原稿には次のページがある。

「どういう――」

「うわあああ!」

プルンブムは大声を出して、俺の手から原稿をひったくった。

「ど、どうしたんだ?」

「なんでもないのじゃ」

「そうか? じゃあそのマンガの続きを――」

「これはだめじゃ」

「え?」

「こ・れ・は・だ・め・じゃ」

プルンブムはものすごい怖い顔で俺を睨《にら》んだ。

出会った頃を彷彿《ほうふつ》とさせる、人間嫌いで侵入者絶対殺すマン的な顔だ。

「お、おう、分かった」

俺は引き下がった。

そこまで嫌がられちゃ無理強いする事もない。

マンガの読みかけで先が気になるのはむずむずするが、しょうがない。

「……こんなの見せられぬのじゃ。妾《わらわ》の妄想、こんなはしたない女だと知れば嫌われる……」

プルンブムはぶつぶつと何かをつぶやいていた。

「どうした、大丈夫か？」

「だ、大丈夫じゃ！　それよりももっと話を聞かせてたも」

「うん？　ああそうだな」

俺は彼女の向かいに座った。

原稿を見ないように意識して、彼女だけをまっすぐ見つめた。

「今日はなんの話をしてくれるのじゃ？」

「そうだな……順番的に、次はアウルムと出会うところだな」

「アウルム……妾と同じ精霊じゃな」

「ああ」

「何をどうやった、聞かせてたも！」

プルンブムは俺に詰め寄ってきた。

キラキラする瞳、わくわくする表情。

初めて彼女と会った時からは想像もつかない、生き生きとした表情。

「ほんとうに良かった……」

デールに誘われたのがきっかけだが、ここに来て本当に良かった。

俺は満足しつつ、嬉《うれ》しそうに笑うプルンブムとの一時を過ごしたのだった。

# 274. 肖像権と使用料

「大変、大変ですリョータさん！」

昼間、プルンブムの一件が終わって、一日だけ休日にしようとサロンでくつろいでたら、エルザが慌てて駆け込んできた。

「どうしたんだ？」

「リョータさん、魔法カートを誰かに貸してませんか？」

「魔法カート？　いや貸してないはずだけど。どうしたんだ？」

「そうですか……あの！　ちょっと来て下さい」

なんの事かは分からないが、エルザの様子がただ事じゃないから、とりあえずついていくことにした。

一緒にやってきたのは屋敷の奥の部屋、『燕《つばめ》の恩返し』の出張所になってる場所。

中に入ると、エルザは小走りで一つの端末の前に走っていった。

マスターロックとスレイブロックを使った、アイテムの転送装置。

俺の魔法カートと繋《つな》がっている転送装置だ。

「見て下さい！」

すぐにエルザが慌てる理由が分かった。

そこからお金が飛び出して――転送されてきたからだ。

「500ピロ玉……どうして？」

「分かりません。リョータさんの魔法カートからの転送です、ここは。だからリョータさん、何か知らないかって思って」

「ふむ」

あごを摘まんで考えた。

何も心当たりはない。

少しその場にとどまって様子を見た。

すると、お金は次々と転送されてきた。

全部が500ピロ玉、それが不定期に飛び出してくる。

「まるで打ち出の小槌《こづち》みたいだな」

「低レベル、ここにいた」

「イヴ——って、どうしたんだそれ」

出張所に入ってきたイヴはリョー様を一体連れていた。

バニースーツ姿のウサギと少女マンガ風主人公のリョー様。

組み合わせがだいぶシュールだった。

「この低レベルもどきは不良品、使えない」

「不良品？」

「ニンジンまずい」

「………ああ、ダンジョンでブロマイドを使ってニンジンを狩ろうとしたのか」

イヴが小さく頷《うなず》いた。

自力でリョータニンジンを生産しようとしたが、ブロマイド召喚のリョー様はドロップSじゃないから、そのニンジンが狙った物よりも美味しくなくて気に入らない、ってことか。

「それを使ったことにまずびっくりだ」

「ウサギはニンジンのためならなんでもする」

「本当になんでもしそう」

俺が言うと、イヴはふてくされた感じでリョー様にチョップをした。

モンスターがいないから、無抵抗でチョップを受けたリョー様。

一撃で倒され、消えてしまう。

「リョータさん！　お金が！」

「え？」

エルザの声に振り向くと、転送装置から500ピロ玉が一枚飛び出してくるのが見えた。

「このタイミング、まさかあれの？」

「どうしますかリョータさん」

「ブロマイド、ある？」

「はい、今日セレストさんから買い取った分が」

「一枚くれ。代金は俺の口座から引いて」

「はい！」

エルザは一度机の方に戻って、色々書き込んで処理し、ブロマイドを一枚持って戻ってきた。

それを受け取って、リョー様召喚。

即、倒してしまう。

すると、

「リョータさん！　また出ました」

「……これが消える瞬間に出るのか」

もう一枚ブロマイドを購入して、今度は召喚の後、ついでにもやしからスライムのハグレモノを孵《かえ》して、攻撃をさせた。

リョー様はスライムを一撃で倒した後に消えて、またまた500ピロ玉を出した。

「どうやら間違いないようだな」

「はい、でもどうして……」

「うーん」

俺とエルザが顔をつきあわせて、一緒になって首をひねった。

考えても一向に分からない——そんな中。

「たっだいまー。プルンブムちゃん面白い子だね」

出張所にもう一人の仲間、アリスがやってきた。

彼女はいつもの様に陽気に、肩に仲間のモンスター達を乗せてやってきた。

「アリス、今プルンブムって言ったか？」

「うん！　ちょっと遊びに行ってきたんだ。そしたらね、メラメラとプルンブムちゃんがすっごく意気投合しちゃったんだ」

メラメラ。

アリスの肩に乗っかってるモンスターの一体、デフォルメされた人魂の様なモンスター。

その正体はフォスフォラスダンジョンの精霊、フォスフォラスその人だ。

「意気投合？　そうか精霊同士だもんな」

「うん！　それでメラメラとプルンブムちゃんが力を合わせてさ」

アリスはそう言って、ブロマイドを取り出した。

だいぶ慣れた手つきでリョー様を召喚した。

そのリョー様を、デフォルメしたモンスター達がよってたかって倒した。

またまた、５００ピロ玉が転送されてきた。

「リョータのこれ――リョー様だっけ。一回使われるごとにリョータに使用料が払われることになったんだ。しょーぞーけん？　だっけ、ただで使うのはダメだってメラメラ言ってた」

「……それでか」

フォスフォラス。

お金をドロップするダンジョンの精霊。

そのフォスフォラスとプルンブムが協力して、ブロマイドを進化させた。

「わわわ、すっごーい！　あっちこっちでリョータ――じゃないや、リョー様が使われてるね」

アリスは今もちょこちょこ転送されてくる５００ピロ玉を見て、手を叩《たた》いて喜んだ。

リョー様が使われる度に使用料が俺に支払われる――なんて事よりも。

「精霊同士が手を組んだのって、史上初じゃないのか？」

「そうなのメラメラ——おお、そうみたい!!」

やっぱりそうか。

リョー様ブロマイド。

俺が知らない所で、史上初の快挙を成し遂げていた。

# 275. 完全不労所得

「今日はまだ戻らなくてもよいのかえ?」

すっかり日課になったプルンブムへの訪問。

いつもの様に他愛もない世間話をしていると、プルンブムが急に聞いてきた。

どうやら普段よりも長居した事が気になったようだ。

「ああ、今日は仕事休むからいいんだ」

「休み……かえ?」

「ああ」

俺は宣言した通り、完全にくつろぎモードだった。

こっちの世界に転移してくる前は、100人中100人がブラック企業と認めるような所で働いて、過労でぶっ倒れた経験がある。

そこまでやったのに何も報われなかったから、こっちの世界では適度に休むスタイルに切り替えた。

「だから、今日はもうしばらくここにいるよ」

「そうか……それは嬉《うれ》しいのじゃ」

プルンブムはてらいがない。

思った事をいつもそのまま口に出す。ものすごく素直な女だ。

「そういえば、この前フォスフォラスと会ったらしいな」

「うむ、珍妙な姿をしておったがな」

「ほかの精霊とも会いたいか？」

「いいや」

プルンブムは否定しつつ、目はまっすぐ俺を見つめてきた。

「そなたが来てくれればそれでよい」

「そか。ならうちに来るか？　フォスフォラスもそうだけど、アウルムもうちにいる」

「いいや」

この誘いにも、プルンブムは即答で断った。

「会いに来てほしいのじゃ」

「分かった」

それを彼女が望むのならこれ以上言うことはない。

フォスフォラスと実際に会って、ダンジョンの外に出るように考えを改めるのかもって思ったけど、そんな事はなかった。

それはそれでいい。

俺が会いに来ると、彼女は実に嬉しそうに笑ってくれる。

なら、それでいい。

休みの日にするって決めたし、俺は心からリラックスして、プルンブムと平穏な一時を過ごした。

☆

「……あれ？」

気がついたら寝てしまっていた。

ぼんやりとする頭、ぼけー、と見あげた先には天井、特に何もない真っ白な天井があった。

「起きたのかえ？」

「プルンブム……え⁉」

彼女に上からのぞき込まれて、更に後頭部にものすごく柔らかい感触を覚えて。

寝ぼけた頭が一気に覚醒して、パッと飛び上がった。

ズザザザと彼女から距離を取る。

上からのぞき込まれる体勢、後頭部の柔らかい感触、正座している彼女。

膝枕——という言葉が頭の中に浮かび上がった。

「俺……寝てたのか？」

「うむ、安らかな、赤子のような寝顔じゃ」

「むぅ……恥ずかしいなそれ」

「妾《わらわ》は嬉しいのじゃ」

プルンブムは言葉通り、心から嬉しそうに穏やかに微笑んだ。

まるで母親を連想させる様な、穏やかに慈《いつく》しむ笑顔。

彼女の言葉にてらいはない、本当に嬉しそうだ。

「もう少し休むか？」

「あー……いやいい」

さすがに意図してそれをするのは恥ずかしい。

今まで無防備な寝顔を晒《さら》していたのかと思うとものすごく恥ずかしくなって、「じゃあ頼む」なんて言えるはずもない。

「ふわあ……」

あくびが出た。びっくりして冴《さ》えた目に、また眠気がぶり返してきた。

まるで春の麗《うら》らかな陽気の中にいるかのようだ。

俺はごろん、とその場で寝転んだ。

「もう少しこのままにしてていいか？」

「妾の膝の上でもよいぞ」

「一緒に寝っ転がるのはどうだ？」

「一緒に？」

「うん」

「……そうじゃな、そなたとなら」

プルンブムはそう言って、俺のそばに来て、同じように寝っ転がった。

「なんか原っぱにいる感じだな」

「そうなのかえ？」

「……いや、イメージだ。俺も今までそれをやった事なかったから」

向こうにいた時は仕事に追われる人生だったからな。

ピクニックとかそういうのにはまったく無縁だ。

が、心地よかった。

知識だけで知っているひなたぼっこの昼寝にものすごく似てて。

いつの間にか、俺は再びまどろみ始めていた。

☆

夜、プルンブムの部屋を出て、屋敷に戻ってきた。

完全に日が落ちている。

今日は何もしなかった。

仕事だけじゃなくて、加速弾の回収とか、そういう直接仕事に繋《つな》がらない事もしなかった。

完全に、休んだだけの一日だ。

「あっ、お帰りなのですヨーダさん」

「ただいまエミリー」

「エルザさんが探してたです」

「エルザが？」

「はいです、今日の集計をって言ってたです」

「集計か、仕事しなかったけど」

俺は苦笑いしつつ、エミリーと一緒にエルザの所に行った。

『燕《つばめ》の恩返し』の出張所、エルザがそこで待っていた。

「ただいまエルザ」

「お帰りなさい」

「集計って事だけど？」

「はい。今日のリョータさんの収入の報告です」

「ふむ」

俺は適当に聞き流した。

何しろ仕事はしてないんだ。

リョー様の使用料はあるが、まあそんなところだろう。

「えっと、合計で121万ピロでした」

「……え？」

120万も？

「どういう事だ？　なんでそんなに？　今日は仕事しなかったはずなのに」

「えっと」

エルザは手元のメモを見つめながら言った。

「アウルムからの税金と、アルセニックの分け前と、リョータの村からの上納金と、ブロマイドの使用料。もろもろ合わせて121万ピロです」

「そんなになるのか……」

「すごいですヨーダさん」

そう話すエミリー、俺も「すげえ」と内心舌を巻いていた。

今まで自分が積み上げてきた事ばかりだけど。

何もしなくても一日１２０万の収入……すごいな……。

## 276．上限アップ

「リョータさん！」

屋敷の自室、次の仕事にでかけるための準備をしてると、セレストが慌てて駆け込んできた。

「どうしたんだ？」

「プルンブムにダンジョンマスターが出ました。倒してもらえるかしら」

「分かった――うん？」

承諾して、部屋を出て転送部屋に向かおうとした俺だが、ふとある事を思い出す。

「どうしたんですか？」

「プルンブムのダンジョンマスターって……前にみんながさくっと倒してなかったっけ」

「ええ、ブロマイドをみんなで一枚ずつ使って倒しました。でも最近ブロマイドの使い道がどんどん研究されてて、それで価格も高くなって……」

「だれも気軽には使わなくなったのか」

「…………」

セレストは小さく頷《うなず》いた。

まあ分かる。俺も元の世界でゲームをやってた頃は、エリ〇サー使えない症候群だったからな。

高価なアイテムを惜しむ気持ちは分かる。

「分かった、そういうことなら俺が一番適任だろう」

俺は早足で歩き出して、転送部屋に向かった。

「階層は？」

「私が戻ってきた時点では三階にいたわ」

「よし」

プルンブムの全階層を踏破したので何処へでも転送可能だ。

転送部屋で行き先をプルンブム地下三階に指定して、ゲートを開いて即飛び込んだ。

一瞬で空気が変わった、ダンジョンマスターがいる空気。

周りをぐるっと見回すと――いた。

ほかのモンスターがいなく、冒険者達も退避した後のダンジョンの中に、ダンジョンマスター・リョー様がいた。

「……………」

気のせいだろうか、リョー様の頭身が上がっている。

ざっくり九頭身、もうどこから見ても完璧な少女マンガの主人公だ。

「……………かっこよさも上がってるのがすごい複雑なんだが」

少女マンガチックでありつつ、男の俺の目から見ても普通に格好いい主人公だ。

リョー様の見た目はプルンブムが描いてる絵そっくり――つまりプルンブムの画力がまた上がったって事になる。

「おっと、いかん」

リョー様が俺に気づいて、銃を構えてきた。

ちなみに水平に構えた横打ち、これまた様になって格好いい。

「リペティション」

格好良くなったリョー様がどういう動きをするのかが気になったが、ダンジョンマスターをほっとくとその時間分全冒険者が損をするから、さくっとリペティションで倒した。

体が脱力する。

リペティションは敵の強さに応じて消費ＭＰが変動し、ダンジョンマスター級はＭＰがＳＳでも一発で空になってしまう。

無限回復弾を注射のように自分に撃ち込んで、ＭＰを回復する。

「おっ、鍵だ」

消えたリョー様は錆《さ》びた鍵をドロップしていた。

鍵を拾って、ゲートを使って屋敷に戻った。

転送部屋で待っていたセレストが俺を出迎える。

「お帰りなさい」

「ただいま、倒してきた」

「ありがとう、やっぱりリョータさんだけが頼りだわ」

「セレストはこれからどうするんだ？　戻るのか？」

「ええ」

「そうか。いらん気遣いだとは思うが気をつけろよ」

リョー様がそうだからというのもあるが、プルンブムは他のダンジョンと違って、モンスターが成長――いや進化しているように感じる。

それに、ダンジョンマスターの出現頻度も高い気がする。

多分それらは全てプルンブムの気分次第。

そのうち通常モンスターが魚から進化して、ダンジョン内が俺の見た目をしたモンスターに埋め尽くされる日が来る可能性もある。

……考えすぎだな、うん。

まあそんなわけだから、モンスターが強くなるかもしれないと思って、一応セレストにそんなことを言ってみた。

「ありがとう、気をつけるわ」

セレストは頬を桜色にして、大人っぽく微笑みながら転送部屋のゲートを使ってプルンブムに戻った。

さて、俺は地下室に行くか。

予定を変更して、テストがしたくなった。

それには、まずはこの錆びた鍵を黄金の鍵にしなきゃだ。

廊下を歩いて、地下室に向かう。

セレストの部屋の前を通ると、ドアが半開きなのに気づいた。

「不用心だな……」

そうつぶやいて、ドアノブに手をかけて、ドアを閉めようとした。

ふと、隙間から部屋の中が見えた。

セレストが越してきた時から変わらない、意外と女の子趣味な部屋。

相変わらずぬいぐるみが色々飾られている――だけではなかった。

並べられたぬいぐるみ達、そこに、ドアの隙間からちらっと見えた場所に、リョー様が二体立っていた。

棒立ちのリョー様、ブロマイド召喚で敵がいないからマネキンのように動かないリョー様。

なぜ、リョー様が――。

「……見なかったことにしよう」

いろんな想像が頭の中を駆け巡っていった瞬間、俺はそうする事にした。

セレストがなんのためにそうしているのかは分からない、が。

「だから最近プルンブムに通ってるし、ダンジョンマスターの事を知らせてきたのかあ。うん、分かったぞ」

ちょっぴりだけ白々しく棒読みになりながら、俺はドアをしっかり閉めて、地下室にやってきた。

錆びた鍵を地下室の奥に置いて、距離を取る。

そしてダンジョンマスター・リョー様に孵《かえ》った瞬間、何もさせずに即リペティションで倒す。

錆びた鍵が、黄金の鍵になった。

これで二本目。

前に取った、最初の一本を取り出して、二本持った状態で黄金の鍵をひねる。

すると、例の部屋に繋《つな》がるドアが現われた。

ドアの上に「02」という文字が出た。

やっぱり、鍵一本につき数字が1増える仕組みか。

あとはこの数字の意味だな。

俺はいったん地下室を出て、屋敷の中で声を上げた。

「誰かー、誰かいないか」

「はいですー」

すると、サロンからエミリーがひょこっと顔を出してきた。

「エミリー、いたのか」

「はいです、今日はおうちの掃除なのです」

「そうか。悪いけどテストに付き合ってもらえないか」

「もちろんオーケーなのです。何をすればいいです？」

「これを」

そう言って、鍵をひねる。

エミリーとの間に例のドアが現われた。

「わ、びっくりしたです」

「この中に入ってくれないか」

「分かったです」

エミリーはなんら躊躇《ちゅうちょ》することなく、ドアを開けて中に入った。

あまりにもあっさりし過ぎて、色々言っておきたいのが間に合わなかった。

まあいい、それよりも数字だ。

ドアの上の数字は、エミリーが入ったことで「02」から「01」になった。

「リョータさん、呼びましたか?」

今度はエルザ。仕事柄、常にこの屋敷にいるエルザが現われた。

「エルザ、悪いけどテストに付き合ってくれないか」

「はい。そのドアで何かすればいいんですか?」

「話が早くて助かる、中に入ってくれればいい。既にアリスが安全だと確認してる」

「分かりました」

「中にエミリーがいるかどうかを確認してくれ」

「はい」

あっさり引き受けてくれたが、エミリーほど即で飛び込みはしなかったので、一応注意事項を言っておいた。

エミリーと同じように、ドアを開けて中に入る。

すると、数字が「01」から「00」になった。

どうやら、数字=鍵の数は同時使用人数みたいだった。

# 277. 経験値大量生産

翌日、屋敷のサロンでもう一度黄金の鍵を使った。

あの部屋に繋《つな》がるドアが出現して、昨日「00」になった数字が「02」に戻っていた。

「おお、戻ったです」

「つまり毎日元に戻るっていうことですね」

サロンにエミリーとエルザがいて、昨日テストに協力してくれた二人はテンションが上がっていた。

「そうみたいだな、鍵の数が一日に入れる人数。一回入ると――」

「丸一日、中にいられたです」

「中に時計がありました。入ってから丸一日経たないと出られませんでした」

二人の説明に頷《うなず》く俺。

俺自身はまだ入ってないが、前に入ったアリスの説明と合わせて、どうやら一度入ると中で一日分の時間が過ごせるが、一日経たないとこっちに戻ってこられない事が分かった。

そして。

「中の一日は外の一分くらいか。使えるな、これ」

「何かの締め切りとか、期限が迫った時にすごく役に立ちますね」

エルザの言葉にはっきりと頷いて、同意を示した。

そのエルザを見て、俺はある事を思い出す。

エルザは、買い取り屋『燕《つばめ》の恩返し』の出向店員。

俺たちの魔法カートと転送機能で繋がってる、買い取り出張所の管理者。

「魔法カートの転送はどうだろう。それを使った出入りって出来るのかな?」

「試してみるです」

「そうだな、テストしてみよう」

「はいです、それじゃ私が行くです」

「いいのか?」

「私もやりたいことがあるです」

「なるほど」

何をやりたいのか分からないが、エミリーがそう言うのなら任せよう。

俺は彼女に鍵の一本を渡した。

「じゃあ魔法カートとかの準備をしてくるです」

鍵を受け取った彼女はスリッパをぱたぱたと鳴らして、サロンから出ていった。

その場でしばらく待つが。

「……戻ってきませんね」

「そうだな……いや、もう入ったみたいだ」

「え? 本当ですね。数字が『01』になってます」

目の前のドアをエルザと一緒に見た。

さっきまで「02」だった数字が一つ減って、「01」になっていた。

「なるほど……鍵を持っていればどこからでも入れるのか。中は繋がってるのか？」

「繋がってました。昨日、後から入った私はエミリーと会えましたから」

「ふむ……なら……一人一本だな」

性能の情報をまとめて、俺はそう判断した。

仲間全員が使える様に、そして鍵を持たせてどこからでも入れるように。

場合によっては、それで集合も出来るように。

鍵は、一人一本になるまで集めた方がいいな。

そんな事を考えてると、ガシャン！　って音が遠くから聞こえてきた。

「この音は……」

「出張所だな。そうか、戻ってこないのならそもそもここで待ってる意味はないか。魔法カートが転送してくる出張所に行かないと」

「そうですね」

頷くエルザと一緒に出張所に向かった。

するとそこにエミリーのハンマーがあった。

エミリーの魔法カート転送口から飛び出してきたハンマーは地面に転がっている。

「ただいまです」

俺たちが出張所に入った後、エミリーが少し遅れて――いや、ほぼ同時にやってきた。

「早いな……いやもう一分経ってるか」

「はいです、中に一日いたです——不思議な気分なのです」

エミリーは出張所に入って、自分のハンマーをひょいと持ち上げた。

身長130センチなのに巨大ハンマーを軽々と、相変わらずすごいパワーだ。

「確かにな、こっちは一分前に別れたばかり、エミリーからすれば一日ぶりか」

「はいです」

「魔法カートでは出てこられなかったのか？」

「だめだったです、通れたのは物だけなのです」

「なるほど……」

自由に出入り出来るのならと思ったが、そうは上手くいかないようだ。

…………いや。

「ちょっと俺もテストしてくる、二人はここで見ててくれ」

「はいです」

「分かりました」

俺は出張所を出て、自分の魔法カートを取りに行ってから、手元のもう一本の鍵を使って、「01」になったドアを出した。

そのドアを開けて魔法カートを押して中に入ると。

「うおお！」

思わずひっくり返りそうになるくらい、盛大にびっくりした。

ドアの向こう、何もない空間だが、そこはまるで神殿の様な波動を放っていた。

明るくて、温かくて。

ものすごく安らぐ空間。

この感じ——俺は知ってる！

「エミリー……掃除していったのか」

最初のボロアパート、その次の２ＬＤＫ、そして今の屋敷。

エミリーが家事を担当すると全てが安らぐ空間になったのと同じように、ここもものすごい事になっていた。

なるほど、やりたい事ってのは掃除の事だったのだ。

「にしても……すごいなエミリー」

俺は目の前の光景にちょっぴり感動した。

おっと、感動ばかりもしてられない、今はテストだ。

俺は押してきた魔法カートを止めて、離れた所に大量の通常弾を置いた。

そして距離を取って、待つ。

しばらくすると、通常弾からスライムが孵《かえ》った。

もやしで作った通常弾、それが更にスライムに孵る。

スライムが襲ってきたので、成長弾で撃ち抜いた。

するとスライムは元の通常弾——と、クリスタルをドロップした。

右手につけた指輪、ニホニウムのダンジョンマスターがドロップした指輪。

装備をすると、レベルカンスト後に余った経験値をクリスタルに具現化する効果があるアイテム。

これを使って経験値を「貯金」して、ほかの人に渡す事が出来る。

ドロップした通常弾を、離れた所の通常弾の山に放り投げ、クリスタルを魔法カートに入れて、転送した。

更にスライムが孵って、襲ってきて、撃ち抜いて通常弾とクリスタルにした。

通常弾は戻し、クリスタルを魔法カートに入れて転送。

「……長丁場になるな」

俺は微苦笑して、気を取り直して、銃を構えた。

☆

亮太《りょうた》が立ち去った後の出張所、残ったエミリーとエルザ。

二人が見守る中、亮太の魔法カートと繋がっている転送装置からクリスタルが飛び出した。

一つ二つ三つ――ものすごいハイペースで、間断なく飛び出してきた。

「わわ、すごいです！」

「リョータさん、向こうで量産してるんですね」

「……分かったです、スライムと通常弾でエンドレスなのです」

「そっか、銃弾は増えないけど、経験値は延々と稼げますね！」

「はいです！　一瞬でそれを思いつくのは、さすがヨーダさんなのです」

そこから一分の間、出張所で待つ二人は、亮太の判断と発想の速さに驚嘆し続けたのだった。

# 278. 二重に加速した世界の中で

眠りから目覚めると、まだその部屋の中にいた。

外と時の流れが違う部屋。

一度入ったら24時間は出られない部屋の中で、最初は経験値クリスタルの量産をしていたけど、次第に疲労が溜《た》まって、眠くなってきた。

まだ何もない空間だから、地面に腕枕して寝たけど、意外にもすっきり快眠だった。

「エミリーのおかげだな」

彼女が手入れをしてくれたこの部屋は温かくて明るくて、神殿のごとき波動を今も放っている。

そこで床に直で寝ても、腕を曲げて枕にするという寝方でも体が痛むことなく、完全に疲労がとれてすっきりした目覚めだった。

「さて、と」

俺は立ち上がって、頭上を見あげた。

仲間達が言っていた、時計がそこにあった。

入った時は0からスタートのその時計は、まもなく一周しようとしている。

そろそろ24時間経つということか。

俺は寝起きの体操とばかりに、銃弾からスライムの、経験値クリスタル生産を軽くやった。

休憩も挟んだ丸一日の稼ぎはどれくらいだったんだろう。

外の世界の実時間にして一分。

その一分でどれくらいの稼ぎになったのか、外に出るのが俄然《がぜん》楽しみになってきた。

時計が更に回って、残り一分となった。

「おっ」

目の前にドアが現われた。

部屋に入った直後に消えたドア、鍵をいくら使っても出てこなかったドアは、残り時間一分になったところで再び現われた。

ノブに手をかけて、ドアを開く。

向こうの、元の世界の部屋が見えた。

床に差し込まれる木漏れ日、庭の木々の影が、ものすごいスローペースで揺れている。

こっちの24時間が向こうの一分。

単純計算で、１４４０倍の時間の流れの差がある。

影は、ものすごいスローペースで揺れていた。

そうこうしている間に時計の指す残り時間が30秒を切った。

「早いけど出るか、この段階で出られるのかも確認したいし」

そうつぶやきつつ、俺はドアを跨《また》ごうとした――その時。

頭の中を白い雷が貫いていった。

某ロボットアニメの新人類の様な、キュピーンとした感覚を覚えた。

30秒。

異なる時間の流れ。

加速弾。

俺は持ち物の中から加速弾を取り出した。

撃ち込まれた相手が30秒間、加速して動けるようになる弾丸。

部屋の中にいる時は、言ってみれば１４４０倍加速した状態だ。

その状態で更に加速弾を撃てば？

……やってみよう。

俺は弾丸を込めて、加速弾を自分に撃ち込んだ。

世界が加速する。

部屋の中にある時計の進みが遅くなった。

加速した部屋の中で、更に加速する俺。

それはつまり、外の世界が更に遅くなったということ。

影がほとんど動かなくなって、超スローモーションカメラを見た時と同じように、影がたまに思い出したかのようにちょっと動く。

なんだか面白いな……なんて思っていると。

「――ッ！」

唐突の事に俺は目を見張った。

目の前、ドアの向こうに一瞬だけ何かがパッと現われて、パッと消えてしまったのだ。

あり得ない事だ。

今の俺は、例えるのなら数千倍まで遅くした世界を見ている。

その超スローモーションの中でパッと現われて消えるなんてあり得ない。

あり得ない……が。

目を凝らし、意識を集中してそこを見る。

やっぱり——あった。

その「何か」はチラチラと、そこに浮かんでは消えるのを繰り返した。

何となく思った。

それはもしかして、ずっとそこにあって、俺が見えていなかっただけなんじゃないかって。

こうして二重に加速して、初めてそれに気がついたんじゃないかって。

そう思うと、それの正体が知りたかった。

じっと見る、観察する。

間隔が一定だった。

俺は更に集中して、二重に加速した世界の中で、次のタイミングに合わせて手を伸ばす——。

「あった！」

感触を覚えて、ほとんど脊髄《せきずい》反射でそれを摑《つか》む。

摑んだ瞬間、それまでちらちらしていたそれが、はっきりと形になった。

それは剣。

古めかしく、儀式に使う様な装飾剣。

全くの直感か、あるいは触発されたのか。

俺の頭の中に、鏡と、勾玉《まがたま》の二つの姿が浮かび上がった。

「草薙《くさなぎ》の剣……」

俺がずっと探していたのか、それともこいつがずっと俺のそばにあったのか。

ニホニウム最後の鍵が、今、俺の手の中にあった。

# 279. ニホニウム、地下九階

ニホニウム、地下七階。

電気を纏《まと》ったマミーがうようようごめく階。

火炎弾が特効だった階層だが、今は上位互換の攻撃がある。

蒼炎弾《そうえんだん》との融合弾、無炎弾。

撃ち出した後は見えなくなる、超高温の炎を作り出す弾丸。

それを撃ち出して、電気マミーを誘導して、省力モードで次々と倒していき、精神の種をドロップさせる。

倒してドロップ、精神のステを1あげる。

倒してドロップ、精神のステを1あげる。

それを繰り返して、体感で「そろそろ上がったな」になったあたりで、ポータブルナウボードで能力をチェック。

―― 1/2 ――
レベル：1/1
HP　SS
MP　SS
力　SS
体力　SS
知性　SS
精神　SS
速さ　SS
器用　F
運　S

Ｓでカンストしていた精神がＳＳまで上がった。

今までと同じだ。

鏡を手に入れた時、ＨＰと力と速さの上限がＳからＳＳになった。

勾玉《まがたま》を手に入れた時は、体力とＭＰと知性がＳＳになった。

そして二重加速で手に入れた剣。

それで精神がまず解禁された。

次は運だ。

ニホニウム、地下八階。

三つ首の犬ゾンビがうようよいる階に下りた。

三択から二択にするために、まずは追尾弾を撃つ。

それと同時に犬ゾンビに迫って、追尾弾が狙う首じゃない方の二つ、その片方に成長弾を撃ち込む。

首が吹っ飛び、犬ゾンビが消えて運の種がドロップした。

それを取って、運を1あげる。

更に次の犬ゾンビに追尾弾を撃ち、同じように肉薄して、残りの二つの首の片方を吹っ飛ばす。

今度は効果が無くて、犬ゾンビはピンピンしていた。

三択の首、正解の首を当てないと倒れない特性。

追尾弾で一番ヤバイ首をのぞいた二択にして、二分の一の確率を当てる周回。

俺は二分の一を当て続けた。

リペティションならこれをする必要はない。使えば犬ゾンビは倒れる。

それでも俺は正攻法で倒していく。

目標を前にして焦るが、こういう時こそ初心でいるべき。

気が逸《はや》ってごり押しをすると、いろいろなことが雑になって思わず失敗をしてしまう。

この世界はゲームに似ている。そして俺は元の世界のゲームでそういう失敗を何回もした。

こういう時こそ慎重に、初心に返って。

正攻法二分の一を当て続けて、体感で「よし」と思った。

ポータブルナウボードを使って、ステータスを確認。

―― 1／2 ――
レベル:1／1
HP　SS
MP　SS
力　SS
体力　SS
知性　SS
精神　SS
速さ　SS
器用　F
運　SS

運も、ＳからＳＳになっていた。
これで９個中８個までＳＳになった。
残りは一つ、器用。
さあ、いよいよだ。
俺は地下九階に下りた。
ダンジョンスノーが降る中、巨大なモンスターが見えた。
ドラゴン。
四本足で、二階建ての一軒家くらいはある巨体。
その肉体がところどころ腐り落ちてて、瘴《しょう》気《き》の様なものを放っている。
アンデッド系のモンスターばかりのニホニウムダンジョン、その地下九階。
モンスターは、ドラゴンゾンビだった。
一目で分かるくらい強そうなモンスター、しかしそれだけではない。
「３……どういう意味だ？」

ドラゴンゾンビの頭の上に「3」って数字が出ていた。
「とりあえず……小手調べ！」
銃を構え、すっかり主力まで成長した成長弾を撃ち込む。
何かある――という予想を裏切って、弾はドラゴンゾンビの体の一部を吹っ飛ばした。
特に何もないのか……って思っていたら。
数字が、「3」から「2」になった。
少し考えた。
上の階で集中力を高めてて、それを切らさずに来たから、すぐにピンと来た。
数字は、攻撃可能回数。
問題は攻撃が終わった後どうなるのか。
攻撃が出来なくなるのか？
ドラゴンゾンビが消えて、ドロップ無しで無駄骨になるのか？
俺がダンジョンの外に飛ばされるのか？
経験と知識から、いろんな可能性を想像した。
「それを一手で確かめられて……かつその後の展開に対応できる攻撃」
張り詰めたままの集中力が答えを出してくれた。
二丁拳銃を抜き、左右に同じ弾丸を装填。
トリガーを引いて、融合弾を撃ち出す。
蒼炎弾二発――撃った直後にドラゴンゾンビの数字が「2」から「0」になった。

やっぱり攻撃回数だった。

そしてその後弾丸を込めているのに、トリガーを引いても弾は出なかった。

「ウィンドウカッター！」

魔法も使ってみたが、発動しなかった。

拳を振ってもみたが、攻撃力を感じさせないへなちょこパンチになった。

数字は攻撃可能回数、それで間違いないみたいだ。

その可能性に対処するための無炎弾は、大当たりだった。

攻撃は出来ないが、回避は出来る。

俺は回避しつつ、ドラゴンゾンビを無炎弾に誘導して、少しずつダメージを与えて、焼き殺した。

ドラゴンゾンビが倒れ、種がドロップ。

逸る気持ちを抑えて、慎重に種を手に取る。

――器用が1あがりました。

「――よしッ！」

抑えても出てしまう。喜びがガッツポーズになって出た。

オールＳＳへの道が見えてきた。

# 280. 道はある

ニホニウム、地下九階。

今日も攻略のためにここに潜っていた。

ダンジョンの中で、瘴気《しょうき》を纏《まと》ったドラゴンゾンビが静かに佇《たたず》んでいる。

今までのモンスターと違って、戦闘前の行動がほとんどない。

それが巨体と、そして纏う瘴気と合わさって。

静謐《せいひつ》なダンジョンの中で、えも言われぬ存在感を醸し出している。

俺は気を引き締めて、そのうちの一体に向かっていった。

「むっ」

攻撃をしかけようとした瞬間、ある事に気づいて動きが止まった。

「ぐおおおお！」

隙あり！　と言わんばかりの勢いで、それまで動かなかったドラゴンゾンビが攻撃してきた。

ドロドロとした体液が光る、巨大な口を開けて噛《か》みついてくる。

「くっ！」

地を蹴って飛び下がるが、ドラゴンゾンビの首が更に伸びてきて、がっ！　と俺の体に噛みついた。

牙が肌に食い込み、万力《まんりき》の様に締め付けられて全身が軋《きし》む。

「う……おおおお！」

深呼吸して、両手両足に力を込めて、噛みつくドラゴンゾンビの力と対抗した。

ミシッ！　という音がした直後、一瞬だけ俺の体が大の字になって、ドラゴンゾンビの噛みつきを解き放った。

そのまま着地し、今度こそ地面を蹴って飛び下がる。

そして、見る。

勘違いではなかった。

まだ攻撃してないのにもかかわらず、ドラゴンゾンビの頭上にある数字が「2」を示していた。

「……まさか」

思い当たる節を確認するべく、目の前のドラゴンゾンビから逃げ出した。

逃げて振り切って、すぐに遭遇した別のドラゴンゾンビと向き合う。

今度は「4」とあった。

攻撃はしないで、更に別のドラゴンゾンビを探す。

探し回って、頭上の数字を確認していく。

ばらばらだった。

個体ごとに数字は2から5までのばらつきがあって、一定ではなかった。

「……周回が難しいな」

すぐにその意味と、その先の事を理解して、思わず愚痴の様な言葉が口からこぼれた。

周回で重要なのは行動をパターン化する事。

いかにシンプルに、揺らぎを減らして、ルーティンに仕上げていくのがいい周回パターンだ。

しかし攻撃可能回数にばらつきがあるのならそれも難しい。

「いや、二手で倒せるようなパターンを組めばいいのか」

そう思って、少し考える。

うん、そうだ。

一瞬難しく考えてしまったけど、たとえ数字が2から5までばらつきがあっても、全部一番小さい2で考えればいい。

5で猶予がある時も二手で倒してしまえば問題はない。

二手と言えば……最初に倒したヤツにやった蒼炎弾《そうえんだん》の融合、無炎弾がいいか。

よし、やってみるか。

二丁拳銃を抜いて、しっかりとそれぞれに蒼炎弾を込める。

いざドラゴンゾンビ——と意気込んだはいいのだが。

「1もいたのか！」

再開して、最初に出会ったドラゴンゾンビの頭上にあるのは「1」という数字だった。

完全に出鼻をくじかれた。

1もいるんじゃ無炎弾は使えない。

念の為に蒼炎弾を撃って、融合して無炎弾を作り出した。

数字が「0」になったドラゴンゾンビをそこに誘導するが、まったく効かなかった。

やっぱり0になると無敵になるんだな。

そういえば……。

「リペティション！」

0になったドラゴンゾンビに最強周回魔法を撃ってみた。

これも効かなかった。

最強周回魔法のリペティションだが、それはこの世界にもともとあった魔法。

つまり、世界のルールの中にある魔法。

0になったドラゴンゾンビは無敵、故にリペティションも効かない。

魔法が使えない魔力嵐の時もリペティションは使えないんだしな。

もしかしてと思ったのが嬉《うれ》しくない当たり方をして、ちょっとテンションが落ちた。

数字が0になったドラゴンゾンビは現状倒しようがないから、ひとまずそいつから逃げ出した。

このまま周回を開始しても行き当たりばったりで効率が上がらないだろうな。

よし、まずはわりきって調査だ。

攻撃をしないで地下九階を回って、ドラゴンゾンビの数字を確認して回った。

小一時間攻撃しないで回って確認した。

カウント、攻撃可能回数は1から5まであった。

一番多いのが3、1と2と4と5が大体同じくらいだ。

それ以外はなかった。

つまり、無心で周回をするには、一手で倒しきる必要がある。

結構強かったドラゴンゾンビ、それを一手で確実に倒しきるとなると……。

「リペティション、だよなあ」

つぶやいて、ため息をついた俺。

試しに1から5、全種類のドラゴンゾンビにリペティションをかけた。

どれも一撃で倒すことが出来た。当たり前の話だが。

0以外ならリペティションが効く。

つまり安定周回はリペティションで問題なく出来る。

それは……あまりなあ……。

リペティション周回は一番楽、どんな敵でも一番楽だが、だからこそ選びたくない。

何かあった時のために力を発揮できるように、そこまで横着して無心で周回は避けたい。

「さて、どうするか……」

倒す事を考えないで、いろんな銃弾をドラゴンゾンビに撃ってみた。

通常弾、冷凍弾、火炎弾、雷弾、拘束弾、追尾弾、クズ弾、斬撃弾、三重弾。そしてゾンビだからって事で回復弾も一応。

一通り撃ってみたが、どれも上手くいかなかった。

加速弾も同じで、加速した世界の中でも攻撃をしたらドラゴンゾンビのカウントが即座に減って意味はなかった。

融合弾は試すことすらしなかった。それは二手でカウント1開始には使えない。

ほかになんか手はないか、なんか。

そう思って、特殊弾のほかにも色々アイテムを確認して、その効果を一つ一つチェックした。

「……おっ？」

アイテムの中で、一年以上使っていない、懐かしいあるものを見つけた。

それを持って、考える。

うん、多分いける。

俺はそれを持って、ドラゴンゾンビの前に立った。

カウントは2、丁度いい。

「テストだ、時間短縮に1カウントもらうぞ」

そうつぶやき、ドラゴンゾンビに加速弾を撃ち込んだ。

撃った相手がものすごく速くなる加速弾、それをあえて自分じゃなくて、ドラゴンゾンビに撃った。

ドラゴンゾンビのカウントが2から1になった瞬間――。

「――ッ！」

ドラゴンゾンビの姿が消えて、ズシッ、と全身に衝撃が来た。

加速したのだ。

そいつは加速して、目にも留まらぬ動きで俺に襲いかかった。

全身を滅多打ちにされるが、ガードの体勢で、ＨＰと体力ＳＳで堪《こら》える。

嵐の様なドラゴンゾンビの猛撃に耐える。

やがて、プツッ、とドラゴンゾンビの攻撃が急に途絶えた。

姿が消え、代わりに目の前に器用の種がドロップした。

「――よし！」

小さくガッツポーズ、狙い通りだ。

俺は久々に出したアイテムを見た。

ハイガッツスライムの宝石。

装備すると、喰《く》らったダメージを相手に反射するアイテム。

時間がかかるから普段は使わないでほこりをかぶってるが、役に立った。

ドラゴンゾンビのカウントはあくまでこっちからのダメージの回数で、反射はカウントされない。

加速弾はすぐに結果を知りたかったから使ったが、それがなくても、カウント1のドラゴンゾンビはこれを使えば倒せる。

このやり方だと時間はかかるが、それでもリペティションに頼らない周回の可能性を摑《つか》めて、探し当てられた事に俺は満足した。

が、まだまだだ。

「もっと考えて、つめていくぞ」

久しぶりに、やりがいを感じていた俺だった。

# 281．レア量産

屋敷の地下室。

次のテストのために、一人でここに来た。

特殊弾。

ドラゴンゾンビ、器用の種で孵《かえ》ったハグレモノはどんな特殊弾をドロップするのかを知りたかった。

種から特殊弾がドロップするのは間違いない。

今までの法則で考えたら99・99％そうなる。

後はどんな特殊弾になるかだけの話だ。

ニホニウム地下九階で、ポーチを使って集めておいた器用の種を地下室の隅っこに置いて、距離を取って孵るのを待つ。

ちなみに最近、リヴァイヴを使えるレイアと別行動している。

レイアの方から言い出したことだ。

何か理由があって、彼女は今、毎日のようにセレンの所に通っている。

精霊付き、レイア・セレン。それが精霊セレンのところに通っている。

レイアが何の理由もなくそれを言い出すとは思えないから、彼女の好きにさせた。

そのため、今、俺は昔のように時間経過によるハグレモノ待ちをしている。

通常通りの時間で、器用の種からドラゴンゾンビのハグレモノが孵った。

「リペティション」

ダンジョン周回は出来るだけ横着しないで倒し方を探してテストするが、屋敷の地下室は一番安全なリペティションで倒すようにしてる。

この上には仲間達が暮らしている、下手な事は出来ない。

常に最速最安全のリペティションで倒してる。

ドラゴンゾンビのハグレモノがリペティションに倒されて、新しい銃弾がドロップされた。

近づき、拾い上げ、マジマジと観察してみる。

外見は今までの銃弾とはっきり違っているが、その見た目から効果は推測出来ない事を知っている。

撃ってみるまで分からない、のがモンスターからドロップした弾丸だ。

その特殊弾を銃に込める。

テスト用の相手に、あらかじめ用意してきたもやしを孵す場所にばらまく。

距離を取って、ハグレモノ待ち。

もやしがスライムに孵った瞬間、新しい弾丸で狙いをつけ、しっかりど真ん中を撃ち抜いた。

撃ち抜かれたスライムははじけ飛び、ポン、と通常弾をドロップした。

「ん？　……普段の倍、ってことか？」

地面に落ちている通常弾は二発、普段の倍だ。

念の為もう一度もやしでスライムを孵らせて、今度は成長弾で撃ち抜く。

ドロップした通常弾は一発だけだった。

結果がはっきりと出ている。そもそも今まで通常弾が二発ドロップした事はなかった。

ドラゴンゾンビのそれは、ドロップが倍になる特殊弾か？

加速弾や回復弾と違って、敵に撃って効果が出るタイプなのは分かった。

より詳しく検証しようと、残った種を全部、リペティションで特殊弾に変えた。

今度は転送部屋を使ってダンジョンに行った。

テルル地下一階、ほぼ俺のホームグラウンド。

大勢の冒険者達にまじって、新しい特殊弾で体当たりしてくるスライムを撃ち抜く。

もやしがドロップした、普段の倍だ。

「すげえ、何今の？」

「スライムってこんなにドロップするのか？」

「いやあ、リョータさんってやっぱりすげえな」

その現場を目撃した周りの冒険者達が声を揃《そろ》えて驚嘆する。

ドロップSで大量にドロップする、その更に倍のドロップだ。

この階層にいる平均的なドロップCに比べて、一回当たりざっと10倍のドロップになる。

冒険者達が驚嘆するのも無理からぬ事だ。

ここで試したい事が終わった。

転送してきたゲートでいったん屋敷に戻って、そこから行ったことのあるいろんなダンジョンに行ってみた。

新しい特殊弾でモンスターを倒す。

野菜も、肉も、鉱物も。

ありとあらゆるドロップが2倍になった。

ちなみにエミリーのおかげで常時月殖《げっしょく》――ドロップが倍になってるアルセニックは四倍になった。

ドロップが倍になる弾丸、どうやらそれで間違いないようだ。

ちなみに火力そのものは弱い。通常弾とどっこいどっこいだ。

ほかで削って、トドメに使ってドロップを倍にする。

うーん、強い事は強いけど、微妙なんじゃないか？

なんて、思っていると。

牛乳も倍でドロップしたプルンブムダンジョンの中、空気がいきなり変わる。

ダンジョンマスターのいる空気に――。

「――ッ！」

とっさに横っ飛びしたが、それまで立っていた所に銃弾が撃ち込まれた。

間髪いれずに、殺気が更に俺に迫る。

躱《かわ》しつつ相手を視認した。

ダンジョンマスター・リョー様。

相変わらず、このダンジョンはほかのダンジョンに比べてダンジョンマスターの出現率が高い。

数日に一回は出ていき、ほかの十倍以上の頻度だ。

そんな少女マンガ風イケメン（モデル俺）の猛撃を避《よ》けて、反射的に銃口を向けてトリガーを引く。

「いけね」

すぐに失敗に気づいた。

銃に込められているのは新しい特殊弾。

ドロップが倍増するが、威力は通常弾とどっこいどっこいなヤツ。

ダンジョンマスター・リョー様を倒すにははっきりと力不足な弾だ。

案の定、銃弾は命中したが、たいしたダメージにはならなかった。

リョー様はピンピンして、次の攻撃のための体勢に入ってる。

もったいないな――って思っていると。

「えっ？　ドロップした⁉」

驚く俺。びっくりしすぎて声に出してしまった。

それもそのはず。

銃弾が当たった瞬間、リョー様は生き残っているのにもかかわらず、例の錆《さ》びた鍵がドロップしたのだ。

「……もしや」

脳みそが高速で回転して、ある可能性に辿《たど》り着いた。

残った新しい特殊弾を全部込めて、リョー様を撃った。

残り四発、連射した結果全弾命中した、そして。

鍵が四本ドロップした。

リョー様はたいしたダメージはなく、俺に攻撃をしかけ続けてくる。

それをいなしながら、鍵を拾う。

「ドロップ倍じゃなくて？　強制ドロップか……『盗み』みたいな効果だった？」

もしそうなら。

出現自体レアなモンスターからも、アイテムを量産出来るとんでもなく強力なものになるぞ。

# 282．限界を超えた男

屋敷の地下室であぐらをかいて、新しい弾丸を手に持ってじっと見つめていた。

効果を考えて、とりあえず強制ドロップ弾――もうちょっと縮めてドロップ弾と名付けた。

この弾を撃つと、当たったモンスターはドロップS基準のドロップを一回する。

倒す倒さないにかかわらず、弾一発につきドロップS１回分ドロップする。

どんな相手に使っても効果は一緒だけど、この弾の真価はレアモンスターに使ってこそ発揮されると思った。

ポケットの中から錆《さ》びた鍵を取り出す。

合計で、七本。

ダンジョンマスター・リョー様一体からドロップした分だ。

ドロップ弾六発＋通常のトドメで、計七本。

リョー様は出現率が高いから、この七本の鍵は今一つありがたみがないが。

これが、例えばセレンにダンジョンマスター・バイコーンが出たとして。

ドロップ弾を百発、簡単に用意できる百発を持っていけば、バイコーンホーンを百個、ものの一瞬で集められる。

こんな風に、この弾はなかなか現われないレアモンスターにもっとも威力を発揮するだろう。

ドロップ弾の性能が分かり、この先の使いどころもおおよそ固まった。

ほかに何かないか、と頭の片隅で考えつつ、錆びた鍵を七本ともハグレモノとリペティション経由で黄金の鍵に変えてから、地下室を出た。

外は夕方、そろそろ仲間達が帰ってくる頃だ。

帰ってきたらみんなにこの鍵を渡そう。

あの部屋の鍵は、仲間達には一人一本渡そうと決めていた。

「――♪」

ふと、遠くから上機嫌な鼻歌が聞こえてきた。

鼻歌に誘われて行ってみると、キッチンに入った所でエミリーの後ろ姿を見つけた。

「おー……」

「あっ、お帰りなさいなのですー」

思わず漏れてしまった声に気づいて、エミリーがこっちに振り向いた。

身長130センチくらいのまるで子どもの様な小柄な姿だが、エプロンを着けて夕日の中のキッチンにいるその姿は温かくも神々《こうごう》しい。

一年以上一緒に暮らしているのに、思わず見とれてしまった程だ。

「ヨーダさん、どうしたですか？」

「え？　ああいや……その」

少し考えて、とっさに一つ前の感想を口にした。

「包丁捌《さば》きすごいなって」

「ありがとうなのです」

エミリーは嬉《うれ》しそうに微笑んで、再び前を向いた。

まな板の上で包丁が舞う、静かな踊りがまな板上のキャベツを千切りにしていく。

「達人だなあ」

改めて見ると、その感想が自然と口から出た。

流れるような包丁捌き、パッと見てまったく速いと感じないが、キャベツの千切りは次々と切り出されて、横のボウルにふんわりと積み上げられる。

バトルマンガ風に言えば静の剣、明鏡止水の域ってやつだ。

超熟練した動きで、エミリーはキャベツを千切りにしていく。

「いつもみんなのご飯作ってくれてありがとうな」

「お料理は大好きなのです」

「そうか、ありがとう」

エミリーはえへへ、と笑いながら今度はイモの下ごしらえを始めた。

「ジャガイモか」

「はいです、取れたての新鮮なジャガイモなのです」

「取れたてって事は、エミリーが取ってきたものなのか?」

朝ご飯の時のことを思い起こす。

報告、って程じゃないが、仕事に出かける前の朝ご飯で、みんなが何となく今日はどこそこに行く、って宣言してる。

今日は誰もジャガイモの産地《階層》に行くとは言ってなかったはずだ。

「はいです。みんなの分を親子スライムから取ってきたです」

エミリーはそう言った後、困った顔で微笑んだ。

「私、もうちょっと強くならないとダメなのです。もうちょっと仲間が増えると、必要な分量に足りるための親子スライムの硬さが上がって倒せなくなりそうです」

「ああ、そういうモンスターだったな」

親子スライム。テルルダンジョン地下六階に生息しているモンスター。

親子って名前だが、実際は一体のモンスターだ。

連れてる「子」達を先に倒せば倒す程、最後に「親」を倒した時のドロップがその数に応じて増える。

しかしその分、「親」の硬さというか、防御力も上がる。

倒せるギリギリの硬さまで「子」の数を調整するのがテルル地下六階攻略、周回のポイントだ。

「……む？」

「ヨーダさん、どうしたです？」

「…………」

「ヨーダさん？」

エミリーが小首を傾げて俺の顔をのぞき込む。

そんなエミリーに反応する暇もなく、俺の頭にある事が、ある光景がひらめいていた。

その光景がはっきりとまとまった瞬間、俺はパッと身を翻して走り出した。

「ヨーダさん⁉」

エミリーを置き去りにして、廊下を駆け抜けて転送部屋に駆け込む。

転送ゲートを起動、テルル地下六階を指定した。

実質全てのダンジョンの入り口だからここに止めてある魔法カートを押して、光の渦の形をしたゲートに飛び込んで、一瞬で目的の階層に飛んできた。

テルル地下六階、たくさんの冒険者と、たくさんの親子スライムがいた。

その中でフリーの親子スライムを一体捕まえて、戦闘に入った。

まずは成長弾の連射、「子」を全部倒して、ドロップと「親」の硬さを最大にした。

次に拘束弾を撃ち、体力と精神――防御力はSクラス相当になったが、ほかの能力は変わってない親スライムをあっさりと拘束。

魔法カートを押して、親スライムに横付けする。

そのまま二丁拳銃を押し当てて――ゼロ距離から連射。

ドロップ弾と回復弾を交互で連射した。

ドロップ弾を撃った――倒さなくてもドロップをさせるドロップ弾を撃ち込むと、最大の量でジャガイモがドロップされた。

ドロップS＋最大硬度親スライム。

山ほどのジャガイモがドロップして、そのまま横付けした魔法カートで屋敷の出張所に転送する。

回復弾を撃った。

通常弾程度のわずかなダメージを受けた親スライムを回復させる。

更にドロップ弾を撃つと、山ほどのジャガイモがほぼノータイムでドロップした。

それを屋敷に転送。

更に回復弾——。

ドロップ弾と回復弾を交互に連射、山ほどのジャガイモを魔法カートで出張所に送る。

強制ドロップからの回復、それを繰り返す。

目算で——秒間数十キロのジャガイモを生産した。

普段から横着しないで「ほかのやり方」をって考えていたから、パッとひらめいたやり方だ。

それでテンションが上がって、更にペースを上げようとすると。

「ヨーダさん！　ちょっと待つのです！」

「エミリー？　どうしたんだ？」

いきなり現われて俺を止めるエミリー。

キッチンから慌てて追いかけてきたのか、エプロンを着けたままだ。

「速すぎてエルザさんがパンクしちゃってるです」

「あっ……」

エミリーの制止、その光景が一瞬で頭に浮かんで、俺は苦笑いした。

どうやら生産速度が速すぎて、ファミリー全員の買い取りを担当してたエルザの処理速度の上限を超えてしまったようだ。

初めてのことだったので、俺はひらめいたこのやり方に満足していた。

# 283．出向増員

「今日からお世話になります」

昼間の屋敷、『燕《つばめ》の恩返し』出張所。

エルザと同じ制服を着たイーナがそこにいた。

頭を下げて、気持ち敬語になっている。

しかし頭を上げた時にはもう、いつもの彼女に戻っていた。

「すごいじゃゃんリョータさん、専属の出向が二人もだよ。嬉《うれ》しい？　ねえ嬉しい？」

彼女は俺に近づき、肘で「ウリウリ」と俺を小突いた。

「嬉しいも何も、何がどうなってるのか俺にはまだよく理解できてないんだが……」

朝ご飯の後、ダンジョンに行こうとしたら彼女が急に訪ねてきた。

それでいきなり「お世話になります」からの「嬉しい？」コンボ。

何が何だか、と、ちんぷんかんぷんな俺である。

「ほら、昨日リョータさんがすっごいのやったじゃない」

「昨日すごいの……？　ああ」

俺は微苦笑して、エルザの方を向いて、手刀を切って会釈程度に頭を下げた。

「悪い、迷惑かけちまったか？」

「い、いいえ」

「うんうん、迷惑とかじゃないよ。むしろすごい事。いやあアレ見たかったよ、エルザ、イモの海に溺れてたんだって」

「やっぱり迷惑かけちまったな、物理的にも」

悪いな、ともう一回頭を下げる。

「エルザを助けるために片っ端から本店に転送したら、そっちでも溺れた人がいてさ。みんな開いた口が塞がらないってくらいびっくりしてた。こんなの出来るのリョータさんだけだって感心したりため息ついたり感極まって昇天したりしてた」

最後のはなんだ！　まあイーナの誇張だろうが。

「それで決定したのか？　エルザの手が回らないからって」

「まあここに増員するってのは前からあった話だしね」

「ね」に合わせてウインクするイーナ。

出会った時から変わらず一貫してフレンドリーなイーナ。

その仕草が彼女によく似合っている。

「そうなのか？」

「日常の業務はエルザ一人でも足りるけどさ、ほら、リョータさんってば日常じゃないの多いじゃない？」

「あー……そうだな」

俺自身も自覚している事だから、これには苦笑いを禁じ得なかった。

そう、俺は日常じゃない出来事が多い。

何かを見れば首を突っ込みたがるし、セルみたいなのがちょこちょこ俺に何か依頼を持ってくるし、色々やり過ぎて困った人が向こうからやってくるし。

イーナの言う通り、俺は日常じゃない出来事が多い。

「だからだよ。そういう時にも対応できるように、ここにもう一人出向させとこって話があったのね。そこに昨日のあれ」

俺はまたまた苦笑いした。

最高硬度の親子スライムにドロップ弾の連射。

秒間数十キロで生産して転送したそれは、後から聞いたらスロットマシンのジャックポットみたいな光景だったらしい。

想像してみて、自分でもちょっと興奮した。

「って事で、今日から私が派遣されてきたってわけさ」

「なるほど、でもどうしてイーナなんだ？」

「え？」

虚を突かれたかのように、何故か動揺するイーナ。

「俺のイメージじゃ、何かある度にいろんな所に派遣されてるから。いろんな所で会ってるよな」

「うーん、まあ……そーねぇ」

何故かイーナは歯切れが悪く、目をそらしていた。

不思議に思いつつも、更に続ける。

「だから『燕の恩返し』じゃかなりの戦力だと思ってる。そういうのは一ヵ所に固定しておくのはもったいないんじゃないか？」

「そ、それは……あれだ……ほら」

「うん？」

更に言いよどむ。そこまで答えにくい事情があるのか？

「そ、そう、私の実家がお世話になってるから」

何故か急に、今思い出した様な感じで話すイーナ。

なるほど、分からないでもない。

彼女の実家、八百屋には今でもリョータスイカを定期的に納入してる。

「それに――」

さっきまでの歯切れの悪さは何処へやら。

イーナはニヒヒ、って感じで笑った。

「あっちこっちでリョータさんに会ってるから、顔なじみの方が色々やりやすいってね」

「確かにそうだ」

『燕の恩返し』では、エルザの次に関わりが深いのがこのイーナだ。

親密度？的な要素を考慮して出向相手を決めるのなら、確かにイーナが適任ということになる。

「もう……嘘《うそ》つきなんだから」

「うん？　エルザ、今何か言ったか？」

「ううん、何でも無いです」

「そうか？」

まあ、何でも無いならいい。

さて……そういうことなら。

俺は出張所の入り口から顔を出して、大声で呼んだ。

「エミリー、いるかー」

呼びかけると、遠くから「はーいです」とともに、足音がバタバタ聞こえてきた。

俺は顔を出したまま、エミリーが来るのを待った。

「ちょっと、嘘つき。嘘つきって何さ」

「嘘つきは嘘つき。私知ってるから」

「な、何のことだかー」

「そのごまかし方がちょっとやだ。責めてるとかじゃないのに」

「……微妙なんだよ、まだ。そうかも、ってくらいだから」

「……うん、分かった」

背後でエルザとイーナが何か言っていた。会話の「意識」がお互いの間で完結してる。

同僚だし親友らしいし、世間話だろうと判断して、気にしなかった。

しばらくしてエミリーがやってきたので、彼女にイーナのための部屋を頼んだ。

住む住まないにかかわらず、部屋があれば休憩とかにも使えていいだろう。

パーソナルスペースは大事だ。

「そうだ。イーナ、ちょっと待っててくれるか？」

「うん？　それはいいけど、なに？」

「待ってて」

俺はイーナを待たせて、出張所から飛び出した。

屋敷の地下室に飛び込んで、ドロップ弾で黄金の鍵を複製。

一度ハグレモノにした後にドロップした強化版のアイテムは、再度ハグレモノ化しても同じものをドロップするだけ。更に強化はしないし、劣化もしない。

まあ、ダンジョンの「外」と「内」、それで分けられてるだけだ。

この場合「内」が錆《さ》びた鍵で、「外」が黄金の鍵だ。

黄金の鍵をハグレモノ・リョー様にして、ドロップ弾とリペティションで二本に増やし、複製した。

それを持って戻ってきて、キツネにつままれた様な顔のイーナに渡す。

「はい、これ」

「これは?」

「使い方はこれから説明する、まあ合い鍵みたいなもんだ」

「あ、合い鍵……」

ちょっと戸惑った様子で、気持ち、顔が赤くなったイーナ。

「そうかもってレベルじゃないじゃないの」

なぜか傍らで、エルザがちょっと呆《あき》れていたのだった。

# 284. 最後の関門

朝、目覚めて自分の部屋を出ると、イーナとばったり出くわした。

俺とばったり出くわした彼女は、ちょっと気まずそうに顔を赤らめた。

「お、おはよう」

「おはよう。泊まっていったのか」

「うん、最初は通いのつもりだったんだけどねー」

イーナはそう言い、廊下を、いや屋敷の中をぐるっと見回した。

「ここ明るいし、温かいし。居心地良くてついつい。なんていうの、いったん入ってしまうと出られない魔力があるっていうか」

「だろ!」

「わっ」

イーナは俺が食いついたことに驚いた。

「これ全部エミリーのおかげなんだ。一度住んだらやみつきになる快適さと心地よさは全部エミリーのおかげなんだぞ」

「そっかー」

イーナと話しながら、廊下を歩き出す。

「そういえば、あの噂《うわさ》本当なのかな」

「噂?」

「テルルのダンジョンをすっごい綺麗《きれい》に掃除して、スライムと一緒に昼寝したっていう」

「本当だぞ、現場を見たから間違いない」

だいぶ前にダンジョンにエミリーを迎えに行った時、その現場に出くわした事がある。

ダンジョンの中をこの屋敷と同じく、明るく温かく、まるで神殿のごとき清らかな波動を発する空間に掃除した後。

それで疲れて居眠りを始めたエミリーの周りにスライムが集まってきて、一緒に眠りだした現場を俺は目撃している。

別の意味でダンジョンマスター、ダンジョンの支配をしたなあ、とあの時は思った。

「はあ……すごいねえ」

「すごいぞ。なんか世間じゃ俺がすごいすごいって言われてるみたいだけど、このファミリーで一番すごいのエミリーだから」

「何となく分かる。リョータさんのすっごいパフォーマンスも帰ってくるこの家があってこそだろうね」

「ほんとそう!」

俺はテンションが上がった。

イーナは「そうだ」と言って、立ち止まって、俺の方に体ごと向けた。

「というわけで、ここに住む事になりました、これからよろしくお願いします」

改まってそう言い、頭を下げるイーナ。

こうして、彼女は屋敷に住むようになった。

☆

ニホニウムダンジョン、地下九階。

あの手この手で戦って、ドラゴンゾンビの周回、その最適化を探している。

「なかなか上手くいかないな……」

二手までなら確定で倒せるんだ。かなり初期に見つけた、蒼炎弾《そうえんだん》の融合弾、無炎弾で倒すことが出来る。

ちなみにその無炎弾。

融合させた後にその場にとどまり、持続してダメージ源になるものなんだが、ドラゴンゾンビをそいつに誘導するだけでもカウントが2減ってしまう。

攻撃をした、という動きじゃなくて。

攻撃そのものにかかるカウントを感知している様に見える。

だから、カウント1のドラゴンゾンビに無炎弾はどのみち使えない。

なかなか難しいな、と思っていたその時。

「99だと?」

目の前に現われた新たなドラゴンゾンビ、その頭の上の数字は初めて見る99だった。

これまで全部が1から5だった。

数日回って、数百体倒してきて、その中で初めて出会うカウント99。

出現率1%以下なのは明らか、それはつまり――。

「レアだな」

自分でも、目がキラッと光っただろうというのが分かった。

銃を構えて、通常弾をいくつか撃って牽制《けんせい》。

カウントはしっかりと、攻撃した分減った。

ドラゴンゾンビの攻撃を誘った。

噛《か》みつきからの尻尾振り、前足の爪でのひっかき、瘴気《しょうき》を吐いてこっちを戦いにくくさせる。

全部が知っている攻撃、今までのドラゴンゾンビとまったく変わらないスタイルだ。

「ドラゴンゾンビとしては同じなのか？　――リペティション」

それを確かめるためにリペティションを使うと、ドラゴンゾンビは倒れた。

リペティションで倒せるということは、やっぱり普通のドラゴンゾンビだ。

カウントこそ99だが、それ以外は通常のドラゴンゾンビと変わらない――。

なんて、事はなかった。

階段が現われた。

ドラゴンゾンビが消えた後、器用の種がドロップする代わりに、下へ続く階段が現われた。

「いよいよか」

もう少し先になると思っていたのが、意外とその時は早くやってきた。

俺は深呼吸をして、階段を下りた。

白い空間、いつもの様に、精霊の部屋へと続く、その一つ前の部屋。

そこに巨大なブロックがあった。

ブロックと言うよりは、一つの建物と言った方がいいのかもしれない。

5メートル四方の、巨大なサイコロの様なものだ。

その素材がやや気持ち悪かった。

脈動する肉塊。

ゲームとかでたまにある、生物の内部をモチーフにした、内臓のダンジョンって感じのブロック。

ただし、腐っていた。

ゾンビのような腐った肉、って感じのものだ。

今までのニホニウムっぽいそれを倒せ、破壊しろ、ってメッセージをはっきりと感じた。

先制攻撃、火炎弾と冷凍弾を撃って、融合弾の消滅弾にした。

消滅弾がヒット——が、何も起こらなかった。

5メートル四方の肉塊は傷一つつかなかった。

あらゆる弾丸を撃ってみた。接近して全力で殴ったり蹴ったり、押したりもしてみた。

が、何一つ効かない。

何をやっても、壊せる気がしない。

肉塊は全くの無傷で、不規則に脈動し続けるだけ。

何となく違う気がする。今までのどのモンスターとも違う。

正攻法じゃ何をやっても意味がない、俺は直感的にそう思った。

ならばと、ぐるっと肉塊を半周すると、裏側にナウボードみたいなのがあった。

「…………」

警戒しつつ、近づいて慣れた手順で操作。すると。

1/2

レベル:1/1

| | |
|---|---|
| HP | SS |
| MP | SS |
| 力 | SS |
| 体力 | SS |
| 知性 | SS |
| 精神 | SS |
| 速さ | SS |
| 器用 | E |
| 運 | SS |

いつもの様に現時点のステータスが出た。

直後、ナウボードが光った。

ＨＰ—ＳＳ

一番上の数値がまず光った。

それに呼応したかのように、肉塊がビキッ、と割れた。

ＭＰ—ＳＳ

二番目の数値が光り、肉塊が更に一段階光った。

ステータスが一つずつ光って、それとともに肉塊が崩壊していく。

しかし。

器用—Ｅ

器用の所で、見るからに「つっかえた」。

光が今までの中で一番弱くて、肉塊も壊れなかった。

それどころか、肉塊がナウボードごと消えてしまった。

何もない、ただの白い空間になる。

「なるほど」

転移後いろんなダンジョンでいろんなトリックがあったが、これはその中でも簡単な部類に入る。

鏡、勾玉《まがたま》、剣。

その三つが解禁するSSのステータス。

そしてSSになってないステータスで、明らかな失敗。

器用もSSに上げればいい、はっきりとそれが分かった。

「上げよう」

俺はきびすを返して、階段を上って九階に戻っていった。

ポータブルナウボートで現在のステータスを確認する。

―――1/2―――

レベル:1/1

| | |
|---|---|
| HP | SS |
| MP | SS |
| 力 | SS |
| 体力 | SS |
| 知性 | SS |
| 精神 | SS |
| 速さ | SS |
| 器用 | D |
| 運 | SS |

ドラゴンゾンビを連続で倒して、器用の値をワンランク上のDに上げた。

カウント1のヤツがそこそこ出たから効率が悪くて、気づいたら夕方、いつもの帰宅時間になっていた。

ニホニウムの精霊に会いに行く方法がはっきりしたから、もうひと踏ん張りしていくか——。

「——いや、やめとこう」

すぐに考えを改めた。

無理はやめよう。

そもそも会社にいた頃はそれでぶっ倒れたんじゃないか。

あの時の轍《てつ》を踏むのはやめよう。

それに――。

☆

次の日の朝、朝ご飯の後、俺はプルンブムに会いに来た。

「おお、待っておったぞ」

いつもの様に俺の絵を描いていたプルンブムが、顔を上げて嬉《うれ》しそうに微笑んだ。

昨日無理をしなかったのは、毎日プルンブムに会いに来るって約束をしているからでもある。

無茶して、徹夜とかしてステ上げをすると、のめり込みすぎて確実にこっちをすっぽかすことになる。

そうならない様に、昨日は普通の時間で切り上げて、しっかり彼女に会いに来られるようにした。

アウルムとも似たような約束をしていたが、アウルムの場合、好奇心はあっても裏切られたからっていううらみはなかった。

プルンブムは違った。かつて裏切られたと感じているから、またそうさせないためにこの約束は守りたいと思っている。

今日もプルンブムが笑ってくれた事にこっちまで嬉しくなりながら、彼女の横に腰を下ろした。

「…………」

「どうした、俺の顔をジロジロ見て」

「そなた……何かあったのかえ？」

「え？」

「顔つきがいつもと違うのじゃ」

「いつもと違う？」

プルンブムに言われて、俺はベタベタと自分の顔を触った。

至って普通の、いつもの自分の顔に感じるが。

「何か悩みを抱えているのかえ？」

「なんでそう思う」

「妾《わらわ》を甘く見るでない、ずっと見てきたのじゃ、それくらいは分かる」

プルンブムのストレートな台詞《せりふ》、こっちが恥ずかしくなりそうな台詞だ。

「なるほど。うん、確かに一つだけ悩んでる——いや困ってるって言った方がいいな、あれ」

「なんじゃ。妾に話してみよ」

「しかし……」

「妾は」

「うん？」

「何でも無いことをそなたに話すだけでも気分が楽になる」

「そっか」

今日来て良かったと思った。

そんな事を俺は一度も言ったことはない。だからこれは、プルンブムの体験から来るものだ。

俺と話すことで彼女が色々楽になるのなら、今まで来て良かったし今日もちゃんと来て良かったと思う。

「実は――」

俺は困っている事、ドラゴンゾンビのカウント1で困っている事を彼女に話した。

助けをもとめるわけでもなく、ただ、彼女が話して欲しいと言うから話した。

黙ってそれを最後まで聞いたプルンブムは、すっくと立ち上がって、手を無造作に振った。

空中に一匹のカメが現われた。

大人が乗れるくらい巨大なカメで、甲羅の表面がまるで宇宙を想像させる様な不思議な紋様だ。

「これは？」

「妾のダンジョンのレアモンスターの一体、クロノタートルという名じゃ」

「クロノタートル」

「こいつを倒してみよ。甲羅はあらゆる攻撃を弾くくらい硬いが、常に一番輝いている所がもっとももろい」

ダンジョンの精霊直々に弱点を教えてもらって、俺は銃を抜いて、成長弾を教わった所に撃ち込んだ。

効果は抜群、クロノタートルは一撃で撃ち抜かれ、プルンブムダンジョンのほかのモンスターと同じように、空中にプカプカ浮かぶ液体をドロップした。

「これは？」

「人間達が『時の雫《しずく》』と名付けたものじゃ」

「時の雫？」

プルンブムはそう言って、もう一回手を振って、同じクロノタートルを召喚した。

そのクロノタートルに時の雫をぶっかけた。

すると、カメは色を変えて、そのまま固まった。

「凍った……？　いや、名前からして——時が止まった？」

「うむ」

小さく、しかしはっきりと頷《うなず》く。

「かけた相手の時を止めるアイテムじゃ。そのドラゴンゾンビとやらに使えるのではないか？」

「……ッ！」

☆

ニホニウム、地下九階。

プルンブムの所からここにやってきた俺は、ダンジョン内を歩き回って、カウント1のドラゴンゾンビを探した。

すぐに目当ての相手が見つかった。

そっと近づき、時の雫をドラゴンゾンビにぶっかけた。

さっきのクロノタートル同様、ドラゴンゾンビは止まった。

色あせて、動かなくなった。

カウントは1のまま。

そいつに向かって、銃弾を連射。

二丁拳銃に込められた銃弾を撃ち尽くしても、カウントは1のままだった。

「よしッ」

思わずガッツポーズした。

更に試す事にした。

時を止められたドラゴンゾンビに、これまでカウント1には使えなかった無炎弾を撃つ。

融合して見えなくなった業炎《ごうえん》は、カウント1のままドラゴンゾンビを焼いた。

体が半分焼き尽くされても、ドラゴンゾンビは時を止められる直前のまま動かない。

やがて、時間が動き出し。

ポン、と器用の種がドロップされた。

時の雫は、カウント1のドラゴンゾンビに効果を発揮した。

一回だけじゃ不確かだから、もう一回試すことにした。

ダンジョンの中を歩いて回って、2から5のドラゴンゾンビを全部無視して、1だけを探す。

「むっ」

1が見つかった――が二体同時に出てきた。

テストをする時複数だと困る、片方を適当に逃がすか――と思って銃を構える。

「…………」

動きが止まった。

視線が構えている銃に留まった。

頭の中に何かがよぎった。
一瞬のひらめき。
いける！　ってだけは分かるが、内容がまだぼんやりしている。
指の隙間からこぼれる水のような何かを、必死にすくい上げようとする。
しばらく集中して考えると、それがはっきりとした形になった。
時の雫を取り出して、銃にぶっかけた。
愛用している拳銃は、まるで凍ったかのように色あせて、時が止まった。
時が止まった銃から同じように止まった弾丸を抜いて、新たに通常弾を込める。
それを連射する。
カウント1のドラゴンゾンビに向かって連射。
カウントは――1のまま。
時の雫をぶっかけた銃で撃っても、カウントは減らなかった！

# 286. レジェンド超え

朝、起きて部屋を出る。

窓から差し込まれる朝日を浴びつつ伸びをして、サロンを通りかかると。

サロンの中で、セレストがぐたっとソファーの肘置きにもたれかかっていた。

「どうしたんだセレスト」

「あっ……リョータさん。何でも無いわ、ただの魔力嵐」

「ありゃ」

魔力嵐。

この世界の天気の一種で、出てる時は範囲内にいる人間はまったく魔法が使えなくなる。

人次第では魔力嵐中に体調を崩す事もある。セレストがまさにそうだ。

「大丈夫なのか？」

「ええ、いつもの事だし、病気じゃないから大丈夫よ。今回はちょっと長いから、それだけが憂鬱だけど」

「長いのか？」

「ええ、予報では五日間続くって話よ」

「それは長い！」

ちょっとだけびっくりした。

五日間も続くなんて……今までで一番長いんじゃないだろうか。

「そういう季節だから、しょうがないわ」

「なんか梅雨みたいだな」

「それよりリョータさんこそ大丈夫なの？」

「うん？」

「最近、顔が真剣。大事な事をしているんじゃないの？」

俺はベタベタと自分の顔を触った。

確かにニホニウムに会える目処《めど》がついたから、最近やる気になってる。

それを見抜かれていたのか。

「どうだろうな」

「手伝いは必要？」

セレストは体を起こした。真剣な表情だ。

それがありがたくて、嬉《うれ》しかった。

「大丈夫だ、なんとかする」

「……まあ、リョータさんなら大丈夫だわね」

再び肘置きにもたれるセレスト。

信頼もあつかった。

その信頼に応えるためにも、俺は今日も、ニホニウムに向かおうと思った。

☆

朝ご飯の後、まずはプルンブムの所に行って、一通り世間話をしてきた。

彼女に見せられたリョー様は更にパワーアップしていた。

顔はますますイケメンで、着てる服装もどんどん洗練されていく。

一緒にミスターコンとかそういうのに出たら、俺は完敗だろうなと思った。

そんな事を思いつつ、プルンブムと別れてニホニウムに来た。

ドラゴンゾンビを倒して周回する。

基本は無炎弾で倒しつつ、カウント1の時だけ時の雫《しずく》を使って乱射で倒す。

途中から、カウント3以上は無炎弾を使わない、成長弾に消滅弾のコンビで倒すようにする。

そうしてやり方を模索する。

急がば回れ。

カウント3以上で遠回りをしても、そこから何かひらめくかもしれない。

3だからといって2の無炎弾——という横着はやめた。

そうして次々と倒して、器用の種で器用の値を上げていく。

途中でちょっとズキッ、と頭痛がした。

俺も魔力嵐の影響がちょっと出ている。

MP、知性、精神。

魔法を使うためのステータスが全部SSになってるから、魔力嵐の時はセレスト程じゃないけど体調に影響が出る。
なにより――。
「リペティション」
魔法を唱えたが不発だった。
最強周回魔法、リペティション。
周回における最強魔法ではあっても、それは魔法。
魔力嵐の出ている日はまったく使えない。
カウント1のドラゴンゾンビが現われた。
時の雫をぶっかけて、銃を撃って倒す。
器用の種を手に入れて――ホッとした。
横着してリペティションを周回に組み込まないで本当に良かった。
もしそうなら、五日間続く魔力嵐で何もかも後回しにせざるを得ないところだった。
「やっぱりもう一つか二つ、選択肢を増やしとこう」
3の時のパターン。
4の時のパターン。
5の時のパターン。
数は少ないけど、あえて99に目一杯使ったパターン。
全部、試してみようと思った。
パチパチパチパチ、と拍手が聞こえた。

ちょっと驚きながら振り向く。ニホニウムの地下二階以降はほとんど来る人がいないからだ。

振り向いた先にはネプチューンと、彼の仲間であるリルとランの二人の女がつきそっていた。

「すごいね、ここを安定して周回してる。しかも魔力嵐の中で」

「どうしたんだ？　あんたがここに来るなんて」

「あはは、僕が途中でリタイアをしたダンジョンを完全にクリアした人がいるって聞いてね」

「リタイア……？」

「ほら、ニホニウムが産まれた時、僕たちが調べに入ったんだよ」

「………………おお」

記憶の深淵《しんえん》からそれが浮上、ポン、と手を叩《たた》いた。

一年以上前の事だ。

まだ俺とエミリーがテルルの地下一階とか二階で頑張って、俺の能力がオールFだった頃。

ニホニウムが「産まれて」、ネプチューン一家が調査に入ったという噂《うわさ》をそういえば聞いてた。

「そうだったな、すっかり忘れてた」

「実を言うとね」

「うん？」

「僕、ここをリタイアしてたんだ」

「リタイア？　そういえばさっきもそんな事言ってたな」

「上の階は全部調査したけど、この階のカウント1と2の調査が出来なかったんだ。どうやっても一撃で倒せなかったからね」

「そうなのか」

「うん。リル、ラン」

「はいはい、やればいいんでしょ」

「まっかせて」

彼につきそう二人の女が背後に、寄り添うようになった。

ドラゴンゾンビが一体通りかかった。

カウントは3。

リルとラン、二人は歌うように詠唱する。

「ゴッドブレス！」

「デビルカース！」

白と黒、二つの魔法がネプチューンにかかった。

二つの光が彼を包み、白と黒の翼を作り出す。

カウントが一気に2減って1になった。

ネプチューンは無造作に拳を振った。

強力な一撃、まだまだ余力を残した一撃がドラゴンゾンビを吹っ飛ばした。

「見ての通り、僕の切り札はこれだからね。3までは楽勝だけど、1と2は倒せないんだ」

「ああ、なるほど」

前にも見たネプチューンの必殺技。

純粋な火力ではまだまだ余裕はあるが、相性が悪すぎるな。

「でもさ、キミも冒険者やって長いから分かるでしょ。この階でカウント1だけ倒したのを確認できなくても」

「まあ、問題ないよな」

俺が答えると、ネプチューンははっきりと頷《うなず》いた。

この世界は割とルールがガッチリしている。

「ドロップS」と絡まない事象なら、100％と言っていいほど例外は生まれない。

ネプチューンが一階からずっと調査してきて、この九階のカウント1と2だけ諦めてリタイアしても、それは何もおかしくない。

正直に報告してもダンジョン協会――当時はクリントが会長か――は納得しただろう。

「だから来たんだ、僕が超えられなかったのをあっさり超えていった人の顔を見るためにね」

「そうか」

「すごいよ、キミは。ねえ、僕の仲間にならないかい」

「まだ誘うのか。何回目だこれ」

「そりゃそうだよ、だって僕キミの事気に入ってるし」

「そういえばそれもずっと言ってるな……悪いな」

「それは残念。じゃあ――」

「うん？」

「僕をキミの仲間に入れてくれないかな。ほら、クリフとマーガレット、ああいうのみたいに」

「……は？」

「リョータファミリーの傘下にネプチューン一家が入る。どうかな」

そう話したネプチューンの目はすごく真剣だった。

だったが、が。

「……まじ？」

「まじまじ」

ノリは軽いがどうやら本気で、その証拠に背後にいるリルとランがぶすっとしていた。

なんでネプチューンが誰かの下につくんだ、って顔だ。

すくなくとも本人は本気みたいだ――マジかよ。

# 287. 大量のオマケ

「…………」

「どうかな。損はさせないよ」

「うーん、やめとくよ」

「――ッ！」

ネプチューンの背後にいる二人の内、色っぽい美女の方――リルが柳眉《りゅうび》を逆立てて怒った。

今にも俺に食ってかからんばかりの剣幕だが、ネプチューンが手をかざして止めた。

ネプチューン本人は今まで通り、いつもと変わらないニコニコ顔で聞いてきた。

「どうしてかな、理由を聞かせてくれると嬉《うれ》しいかな」

「聞かせないと引き下がらないようだな」

「うん、だって、今回は僕も本気だから」

俺はため息を一つ。

「お前、困ってないから」

「困ってないとダメなの？」

「ダメなのって言うか……」

それを真顔で聞き返されると困る。

確かに意識的にやってる事ではあるけど、聞き返されると……。

俺はこの世界に転移してから、大抵は人助けで動いてきた。

頑張ったけど報われなかった人達。

誰かに搾取されてる人達。

見てるとついつい昔の自分を思い出してしまい、そういう人達に力を貸してきた。

それでいくと、ネプチューンは助けが必要だとは思えない。

報われない人間でも、搾取されてる人間でもない。

むしろ正反対の人間だ。

だから断ったんだが。

「それなら大丈夫」

「え？」

「僕、今すごく困ってるから」

ネプチューンはにっこりと、いつものような穏やかな微笑みを浮かべながら。

「テネシン」

と言った。

「117番か」

「うん？」

「いやこっちの話……新しく産まれたダンジョンか」

俺のつぶやきに、リルとランが目を見開き、信じられない様なものを見た顔をした。

ネプチューンはそうならなかったが、逆にますますニコニコ顔になった。

「あはは、やっぱりキミはすごい人だよ。まだ何処にも発表してない、ごくごく一部の人しか知らない新しいダンジョンの事をもう知っているなんてね」

「…………」

うかつだったかもしれない。

１１７番、テネシン。

ニホニウムと同じタイミングで命名されたもの、だから知っていた。

こっちの世界での成り立ちは知らないで、名前だけ知ってたから反応したが、その反応がうかつだった。

「僕、今それの調査を任されててね。ニホニウムの時と同じように」

「すごいな」

「で、今すごくピンチなんだ。ぶっちゃけ僕じゃどうしようもなくてね、軽く呪いに掛かっちゃってる。だからキミに協力して欲しいんだ」

「ピンチなのか」

「うん、正直、キミだけが頼りなんだ。世界で僕以上の人間はキミしかいないからね」

「…………」

ネプチューンを見つめて、真意が分かりにくい彼の本心を探ろうとした――があまり意味はなかった。

「ずるいな お前」

「そう？」

すっとぼけるネプチューン。彼が一人だけなら判断出来ないが、いつも連れているリルとランの表情が何よりも雄弁だった。

リルは「引き受けなかったら殺す」って怒りの顔をしてて、ランは「ネプチューンがどうにかなったらあたしも……」って悲しそうな顔をしてる。

二人とも、本人よりも本人の事を心配している。

この場にその二人を連れてくるのは……ずるい。

「……はあ、分かった」

「いいのかい？」

「ああ」

「ありがとう！　リル、ラン」

「分かった！」

「ふん……言う通りにすればいいんでしょ」

リルとラン、二人は一斉に身を翻して、来た道を駆け出していった。

「何をするんだ？」

「下準備、まずは僕、ネプチューンがリョータファミリーに入った事を喧伝《けんでん》しないとね」

「それは本当に必要なのか？」

「……うん」

「おい、今の間はなんだ」

まさか、あの二人のも演技だったのか？

「えー、あはは、やだなあ。せっかくのピンチだし、これを利用してキミと仲間になってしまおうとかそんな事思ってないから」

「いっそ清々《すがすが》しいぞおい！」

思いっきり突っ込むが、ちょっとだけ後悔してきた。

しかし。

ネプチューンはいつになく、真面目な顔になって。

「本当にありがとう……助かったよ」

「……お前、本当にずるいな」

たくましいんだかそうじゃないんだか。

その後、ネプチューンは「準備が出来たらまた来る」と言って、ニホニウムから立ち去った。

俺は気を取り直して、器用の値をBまで上げてから、屋敷に戻ると。

「ああっ、大変ですよリョータさん」

「どうしたイーナ、そんなに慌てて」

「外、外見て下さい！」

「外？」

俺はイーナに言われた通り、窓から外を見た。

「うおっ！　なんだあの人だかりは……百人以上いるぞ」

「全員が冒険者で、ネプチューン傘下の人だそうです」

「ネプチューン？」

眉がひくっとして、いやな予感がした。

「ネプチューンがリョータファミリーに入ったって聞いて、自分達も加えろと言ってきてます。もう何人も『一生リョータのアニキについていきます』とか言ってきてます」

「…………」

眉間をもんだ、頭痛がしてきそうだ。

熱烈に求められているが、さすがにこいつらまで受け入れたらキリがない。

そう思ってひとまず追い返したが。

数日後、リョータファミリー傘下のネプチューンファミリーの、その更に傘下という。

三次団体が山ほど誕生して、俺はますます頭を抱えたくなったのだった。

ネプチューンに協力するために、まずは後顧の憂いを断つようにと。

ニホニウムの攻略を完了させとかなきゃって思った。

プルンブムとの約束を守りつつ、ニホニウムに籠もって、夕方の定時にはあがる。

それを繰り返して、三日。

――1／2――
レベル：1／1
HP　SS
MP　SS
力　SS
体力　SS
知性　SS
精神　SS
速さ　SS
器用　SS
運　SS

「おぉ……」

ポータブルナウボードが表示されたステータスを見て、俺は感動に身震いした。

最初の頃を思い出した。

エミリーの後に計測してオールＦで絶望していたのが、今やオールＳＳのチートキャラにまで育った。

種一つ一つコツコツと積み上げてきた分、感動もひとしおだ。

さて、これでいける。

いよいよニホニウムに会えるのだ。

思えば、リペティションのための魔法の実を教えてくれたのもニホニウムだったな。

俺はいったん屋敷に戻って、転送部屋を使って、精霊部屋の一つ前の部屋に飛んだ。

5メートル四方の立方体、脈動する腐った肉のブロック。

気味の悪いオブジェは変わらずそこにあった。

その裏に回って、ナウボードっぽいものを操作する。

能力が次々と表示され、SSが表示される度に光る。

HP—SS
MP—SS
力——SS
体力—SS
知性—SS
精神—SS
速さ—SS
器用—SS
運——SS

全部がSSで表示された後、肉の塊が溶け落ちた。

ドロドロに溶け落ちて、地面に吸い込まれて消えていく。

距離を取って、全部溶け落ちるのを待つと。

「またドラゴンゾンビ⁉」

肉が全部消えた後、それがあった場所にドラゴンゾンビが現われた。

見た目は地下九階のとまったく同じドラゴンゾンビ、サイズも存在感も体から放ってる瘴気《しょうき》も。

唯一、頭の上のカウントが「9」という初めて見るパターンで、それを除けばいつものドラゴンゾンビだ。

これでニホニウムの部屋に続く道が出てくると思ってただけに、ちょっと肩すかしだった。

「どっちにしろまずは倒すか。9カウントあるから、九手で――」

瞬間、頭の中でアラームがけたたましく鳴った。

直感、というしかない。

豊富な経験による総合的瞬間判断――俺は「直感」とか「勘」とかをそう思っている。

今までの経験が、俺に攻撃の手を止めさせた。

判断力を養うため、ドラゴンゾンビのカウントに合わせて攻撃回数を増やすのを最近やってるから、こいつも9カウントで倒そうと一瞬思った。

9。

ここでなんの意味もなくそのカウントが出るわけがない。

ニホニウム全九階で、総括とも言うべきこの部屋で9が出てきたのに、なんの意味もないわけがない。

九手で倒すのはまずい、多分ものすごくまずい。

「……リペティション！」

一手の代表格、最強周回魔法を使ってドラゴンゾンビを倒した。

カウントが1減って、その直後に三つ首の犬ゾンビが現われた。

三つ首の犬ゾンビのカウントは「8」だった。

「やっぱりそうか！」

犬ゾンビの噛《か》みつきを躱《かわ》しつつ状況をまとめる。

全九階、九種類のモンスターに9カウント。

一体倒したらカウントが1減って次のが出る。

全部一撃で倒してみせろ、今までの成長を見せてみろ。

そう言われた気がした。

「なら――っておい！」

三つ首の犬ゾンビの攻略法、追尾弾を撃ってからの二択で倒そうとしたが、それ自体に二手かかる事に撃つ直前に気づいた。

時の雫《しずく》を犬ゾンビにかけて、追尾弾を撃ってからの肉薄。

吹っ飛ばした首が正解で、カウントが1減って、犬ゾンビが消えた。

カウント7、電気マミー。

カウント6、ポイズンゾンビ。

カウント5、レッドスケルトン。

このあたりは無事に瞬殺した。

カウント4――マミー。

「そうだった、こいつも二手必要だった！」

犬ゾンビと同じように時の雫をかけて、かなり育った成長弾一発で倒してから、地面に残った包帯を燃やして消滅させる。

最後にマミー、ゾンビ、スケルトンと。

9カウントで、九体のモンスターを全部倒した。

しばらく待つと、入り口が現われた。

待望の入り口、今度こそニホニウムの居場所に続く入り口。

空気が変わった。

直感的に、もう間違いないと確信する。

俺は深呼吸して、待望の入り口を跨《また》ぐ。

「お待ちしておりました」

そこに等身大の留め袖の女がいた。

何度もフィギュアサイズで会ったあの女。

精霊・ニホニウムの姿があった。

# 289．リョータの恩送り

「色々……」

「うん？」

「あなたに会って、第一声は何を話そうかと色々考えていたのですが。結局はこの言葉になりそうです」

　ニホニウムはにこりと、穏やかに微笑みながら。

「さすがですね」

　と言った。

「何がだ？」

「あなたにリペティションを渡した事を覚えていますか？」

「ああ。初めてあんたが俺の目の前に現われた時の事だろ？　抽選でリペティションになる魔法の実を選んでくれたの」

　もうすごく昔の事に思える。

　行きつけのアイテム屋で、その時の俺にとって決して安くない３００万ピロもする魔法の実を真剣に選んでいたら、ニホニウムが現われてこれがいいと示してくれた。

　その時の魔法が、リペティションだ。

「ええ。あの魔法をどうしてもあなたに渡さなければならなかったのです。通常、あれがなければここに辿《たど》り着く事は出来ません」

「……たしかに、リペティションがなかったら9カウント以内に九体倒せなかったな。三つ首のゾンビは運で何回かやり直せばいけたけど、マミーは確定二手だった」

「ええ、だからあれをあなたに渡したのです。ステータスで何処まで強くなっても、鍛錬をどれほど積み上げても、リペティションがなければここには来られなかった……はずなのに」

今度は艶然と、色っぽく微笑むニホニウム。

着物姿の和風美人、その笑顔。

すごく色っぽかった。

「リペティションがなくてもここまで来られた、それほどの力をつけた。私の想像を遥《はる》かに超えた……すごいすごいお方です」

物静かに「すごい」と連呼される。

普段からちょこちょこ言われてる言葉だが、ニホニウムに言われたそれは違う味わい……嬉《うれ》しさがあった。

「それよりも、何故俺を呼んだ。理由があるんだろ?」

「…………」

ニホニウムは切なげに微笑んだ。

さっきまでの微笑みとは違う、寂しげな微笑み。

「笑わないで下さいね」

「ああ」

はっきりと頷《うなず》いて、ニホニウムをまっすぐ見つめて、言葉の先を待つ。

「必要と、されたくなりました」

「…………」

「あなたにはもうあえて話すまでもないことですが……私はこの世界では誰からも必要とされておりません」

「マーガレットがいる……いや、あれも別に」

「ええ、私でなくても大丈夫です。あなた以外、ここに来る人間は皆無です」

それは仕方のない事だった。

あらゆる物がダンジョンからドロップされるこの世界。

ダンジョンは畑であり、鉱山であり、工場とかである。

その中で、ニホニウムはリョータ以外は何もドロップさせられない。

何をどうやっても、ドロップステータスAの上級冒険者がずっと籠もりっぱなしでも、何もドロップしないダンジョンだ。

いわば確定で何も育たない不毛の大地、それがニホニウムダンジョン。

誰もやってこないし、必要とされないのはこの世界のシステムを考えれば当然のこと。

「人間の命を維持するのがつらくなってきました」

「どういう事だ？」

「モンスターは通常、寿命があります。倒されずダンジョンの中でさまよったモンスターは、寿命を迎えて消滅します……この事を知っている人間はもういませんが」

「……そりゃそうだ。普通モンスターを寿命まで放置する事なんてない」

俺の言葉に頷くニホニウムは、更に続ける。

「そして、寿命で消えたモンスターは空気になります。誰も来ないニホニウムのアンデッド達は、日夜死に、空気を自動で生み出し続けてます」

「………酸素、人間の吸う空気を、か？」

更に頷くニホニウム。

穏やかな微笑みが消えた。

そこにいるのは、疲れきった女だった。

「誰もが必要とする空気を維持し続けているのに、誰からも必要とされないし感謝もされない」

そして、自嘲の笑みに変わる。

「そのくり返しに、疲れてしまったのです」

「………」

理解してしまった。

彼女は――俺だ。

この世界に来たばかりの俺とまったく一緒だ。

一生懸命頑張って、身を削ってまで必死に頑張って、耐え抜いて。

それでも、誰からも感謝されない、報われない日々を強いられている。

彼女は、俺だ。

いや……俺以上に報われない境遇だ。

「だから、あなたに……私を助けて欲しい」

「……俺はこんなことを言われたことがある」

言葉が天啓のように降りてきた。

あの時、俺に新しい人生を踏み出させるきっかけになった言葉。

それを、そのままニホニウムに渡した。

「頑張りは必ず報われる。早いか遅いかの差はあるけど、頑張った人は必ず報われる、って」

「そうなのでしょうか」

「ああ」

迷いなく頷いた。

そして、笑う。

「俺がそうだからな。だから」

「だから？」

「俺にあんたを、誰からも必要とされるダンジョンに変えてやる」

「信じても、いいのですか？」

ニホニウムのまなじりに涙が溜《た》まっていく。

「信じるとかじゃない」

「えっ……」

「確定だ。信じる信じないってレベルの話じゃない。頑張った者は報われる、俺がいる以上それは確定だ」

これは、誓いでもある。
俺の決意を更に確固たるものにするため、普段は口にしない強い言葉を使った。
驚き、戸惑い、そして——喜び。
様々な感情がニホニウムの顔に去来した後。
「——はい！」
彼女が見せた三つ目の笑顔。
それは、希望を見いだした、地獄の底から手を伸ばしてくる人間の笑顔だった。

# 290. リョータの実績

しばらくして、ニホニウムがだいぶ落ち着いてきた。

たまりに溜《た》まった物をまとめて吐き出して、少しだけ気が楽になったように見える。

もちろん、何も解決してないから、ひとまずは落ち着いただけに過ぎないんだが。

「では、よろしくお願いします。ここで、朗報をお待ちしてます」

「……ちょっと待っててくれ」

「はい、いつまでも待ってます」

少し勘違いしているニホニウムを置いて、地下九階に上がった。

説明するよりまずは動くべきだと思った。

地下九階からゲートを使って屋敷に戻って、今度は転送部屋でアウルムの部屋に飛んだ。

「あれ？　どうしたのリョータ。ここに来るなんて久しぶりじゃん」

俺の訪問にアウルムが首を傾げた。

最近は彼女が自由に動けるようになって、屋敷で毎日会えるようになったから、ここに来る事がほとんどなくなった。

「わるいアウルム、ミーケを少し借りる。すぐにかえす」

「それはいいけどどうしたの――って聞くまでもないか」

アウルムはニコッと笑って、すっかり相棒になった、いつも人形のように抱きしめてるミーケを俺に差し出した。

「はい。ちゃんとリョータの役に立ってきなさいよ」

「もちろんです！」

意気込むミーケを連れて、ゲートを使い、転送部屋を中継に、今度は直接飛べるようになったニホニウムの部屋にやってきた。

「え？　また来た……どうしたのですか？」

「ちょっと待っててくれ、って言ったぞ」

「ええ、しかしこんなに早く戻ってくるとは。どうしたのですか？」

「はい」

ミーケを差し出す。

「この子は？」

「そいつを抱いてればダンジョンから出られる」

「え？」

「しばらくうちに来い」

「ですが、私はこのダンジョン……いえ」

言いかけて、ニホニウムは寂しそうに口をつぐむ。

「ここにいても意味はありませんね」

どうせ誰も来ないし――っていう副音声が聞こえた気がした。

それを今後解決していくから、今はスルーした。

今どうすればいいのか分からないが、彼女をここに置いておくのは良くない、それだけは分かる。

だから、連れ出そうとした。

「分かりました、一緒に行きます」

「じゃあこいつをしっかり抱いてろ」

「はい」

「よろしくお願いします」

ミーケを抱っこするニホニウムの手を引いて、ゲートをくぐって、屋敷に戻ってきた。

「恐ろしい人」

「うん？」

「こんな、事もなさげに精霊をダンジョンから連れ出すのなんて、今までの永い歴史の中で誰一人として存在していなかった。それをあなたは」

「たいした事じゃない」

ニホニウムからそっとミーケを取り上げる。

「ありがとう、助かったミーケ」

「アウルム様のところに戻っていいですか？」

「ああ、アイツに宜《よろ》しくな」

「はい！」

ミーケはそう言って、自力で転送部屋を使って、アウルムの所に戻っていった。

それを見送った後、ニホニウムを連れて転送部屋を出た。

「さて、あんたの部屋を用意してもらわないとな――」

「お帰りなさいですヨーダさん」

廊下の向こうからエミリーの声が聞こえてきた。

パタパタとスリッパを鳴らす足音がして、彼女が小走りでやってくる。

「丁度よかったエミリー、彼女は――」

「…………」

紹介、そしてお願い。

それをしようとした俺だが、エミリーがじっとニホニウムを見つめた。

真顔で見つめて、俺の声なんかまったく聞こえていない様な顔で。

直後、エミリーはニホニウムをそっと抱き寄せた。

「あっ……」

戸惑うニホニウム。

見覚えのある光景だった。

かつて俺もそうしてもらってた。

温かい抱擁、包み込む様なエミリーの温もり。

さすがエミリー、直感的にニホニウムのそれを感じ取ったようだ。

そして、ニホニウムも何かを感じたようだ。

彼女はそっと、腕をエミリーの背中に回した。

見た目で言えば、片方は雰囲気のある旅館の女将《おかみ》風で、もう片方は子どもだ。

しかし実際は見た目が立場と逆転して、エミリーがやさしくニホニウムを慈《いつく》しみ、癒やしていた。

しばらくそうした後、エミリーはパッと顔を上げ。

「ヨーダさん！」

「お、おう」

「この人、しばらくうちに住ませるです」

「ああ、そのつもりで連れてきた。宜しく頼むよ」

「はいです！」

エミリーはものすごく意気込んで、ニホニウムの手を引いて、連れていった。

ニホニウムはまだちょっと困惑しているみたいだが、エミリーにされるがまま、大人しく連れていかれた。

それを見送る俺の元に。

「リョータさん、あの人は？」

「リョータさんのこれ？」

『燕《つばめ》の恩返し』の出張所から、派遣の二人、エルザとイーナが顔を出した。

エルザは首を傾げて聞いて、イーナはニヤニヤ顔で小指を立てる古典的なジェスチャーをした。

「違うよ、彼女はニホニウム」

「ニホニウムって……まさか」

「また精霊？」

「ああ、しばらくうちに泊まることになる。二人とも宜しくな」

「はえぇ……」

「え、ええ」

エルザとイーナ、二人は「すごいなあ」って顔で互いを見た。

この時、気づくべきだったのかもしれない。

いや、口止めしておくべきだったのかもしれない。

今までの事を思えば、そしてエルザとイーナの二人の所属を思えば、ニホニウムの事を口止めしておくべきだった。

翌日、早速。

二人経由で『燕の恩返し』本店に話が伝わり。

ニホニウムの将来にかけて、様々な商人と思惑が一斉にあのダンジョンに殺到したのだった。

## 291. 世界の運命を背負ったリョータ

ニホニウムダンジョン、地下一階。

襲ってくるスケルトン相手に、成長弾一発をきっちり撃ち込んで倒す。

倒したスケルトンは、いつもならドロップするはずのＨＰの種を落とさなかった。

ニホニウムがダンジョンにいないせいで、俺なら能力アップの種をドロップしてたのが、それさえも出なくなった。

いや、それは問題じゃない。

問題はこのダンジョンの通常ドロップだ。

ニホニウムを「必要とされる」ダンジョンにするためには、普通の冒険者でも普通にドロップさせられる様にしてやらないといけない。

どうすればいいって考えた時、真っ先に出たのが「品種改良」。

ダンジョンの生態を変えるダンジョンマスターを利用して、モンスターとドロップそのものを変えるやり方だが、ニホニウムはそれが使えない。

正確には「被害が大きすぎて使えない」のだ。

「……噂《うわさ》をすればなんとやらだな」

空気が一変して、ニホニウムのダンジョンマスターが現われた。

身長は１６０センチくらいで、見た目は女。

髪は2メートルくらいあって、それが地面に垂れている。

素っ裸の姿はその髪の長さと相まって不思議な空気を纏《まと》っている。

無表情に青白い肌、ほんのりと放っている燐光《りんこう》。

このダンジョンのアンデッド系と同じ性質なんだろうと思わせる外見だ。

俺はそいつに向かっていった。

接近するなり放ってきたかぎ爪状の手のひらに狙い澄ましたカウンター。

拳に肉を引き裂く感触が伝わってきた。

ニホニウムのダンジョンマスター。

普段は実体がないが、攻撃する瞬間だけ実体化する。

それを狙って攻撃するのが唯一の攻略法だ。

昔はだいぶ苦労したが、全能力カンストした今は問題ではない。

向こうの攻撃に合わせて、実体化する一瞬にカウンターを次々と叩《たた》き込んでいると、五発目で早くもそいつを倒せた。

ダンジョンマスターが消えて、空気が戻る。

引っ張らなかった――品種改良に引っ張れないのは、こいつが出てる時はニホニウムだけじゃなくて、シクロ全域のドロップが止まってしまうからだ。

もともとダンジョンマスターが出てる時はほかのモンスターが消える。

ニホニウムの場合、それが更に広域化して、シクロ全体に影響が出る。

品種改良に時間をかけようもんなら、その間シクロのあらゆる生産が止まってしまう。

さすがに……それは出来ない。

だから偶然現われたこいつも瞬殺した。

☆
「それは呪いであろう」

シクロダンジョン協会、会長室。

訪ねた俺の説明を聞いたセルが一言そう言った。

「……そう思うか」

「サトウ様の話を聞くかぎり、精霊と人間の精神構造はすこぶる近いと推測できる。であれば、こう推測するのも至極当然」

一拍おいて、セルが真顔で言う。

「自分の苦しみをほかにも――その気持ちを具現化したのがニホニウムのダンジョンマスターの能力であろう」

「……なるほどな」

分からなくはない、自分が苦しいから相手にも自分と同じように苦しめって気持ち。

人によってはそれを良くないと咎《とが》めるだろうけど、こっちの気持ちの方が俺は理解できる。

「サトウ様が望むのなら」

「うん？」

「余の権限で、一日シクロの生産を止められるが、どうだ？」

「そんな事をしたら大変だろ」

「強めの日殖《にっしょく》とすれば問題はない。それに」

「それに？」

「サトウ様は自分を過小評価しすぎておられる。今やダンジョン再生工場とも目されているサトウ様。ニホニウムのためにそれをするというのなら誰も文句は言わない」

「持ち上げすぎだ」

俺は苦笑いした。

「そうでもない。早速ニホニウムに様々な人間が群がったのはサトウ様も知っているだろう」

「そんなにか」

来てる、始まってるのは知ってたけど、セルの口ぶりからしてかなりの事になってるみたいだ。

「動物、植物、鉱物、魔法、特質。あらゆるジャンルの人間が注目している」

「植物——シクロだけじゃないのか？」

「ニホニウムはこれまで何もドロップしなかった。植物以外の可能性も期待されていても不思議はなかろう？」

「なるほど」

むしろ……特質だな。

能力アップの種はこっちの世界の人間にはドロップしないものだから分類されてないものだけど、俺の中での分類は特質系だ。

ニホニウムを立ち直らせた後、ダンジョンドロップが特質系になる可能性が十分に考えられる。

「余の所にも話が来ている」

「え？」

「サトウ様に女をあてがって取り入ろうとする輩《やから》が現われた。取り次いで欲しいと言われたよ」

「女、あてがう」

自分でもびっくりするくらい平坦《へいたん》な声だった。

意味は何となく分かるが、自分の事で現実味がない。

「絶世の美女を、あらゆる種族を一人ずつ、しかも全員清き乙女だとか」

「大げさ過ぎる」

「それが世間のサトウ様に対する評価だ」

セルはニヤリと笑った。

「サトウ様はもはや、一挙一動が全て世界を動かせる程の立場と名声を持っていると自覚した方がいい」

「だから持ち上げすぎ」

「さらりと精霊と世界の運命を背負い込んでそのようなことを言うのがいかにもサトウ様らしい」

「世界？」

「サトウ様が失敗すれば」

セルはますます、さっき以上にニヤリと笑った。

「ニホニウムの捨て鉢で、世界中からドロップが消える可能性もあるのだが？」

「……おぉ」

言われてみればそうだ、その可能性はある。

今でもダンジョンマスターでシクロの生産を止めるくらいだ。

ニホニウムがヤケクソになったらそうなる可能性は確かにある。

「少し考えがあまかった」

「なに、問題はない。どのみちサトウ様なら最後は成功させてしまうのだから」

「だから持ち上げすぎ」

「……フッ」

セルは口角を持ち上げてフッと笑う。

どういう事なのか？　って思っていると会長室のドアがノックされた。

「お話のところ失礼します。サトウ様のご家人がお見えです」

「俺の？」

「リョータ！」

会長室に駆け込んできたのはアリスだった。

彼女は肩に仲間のモンスター達を乗せて、肩で息をしている。

息の荒さは、モンスター達がぎゅっとしがみついてないと今にも振り落とされそうなくらいだ。

「どうしたアリス」

「大変、大変だよ。なんかプレゼントが来た」

「プレゼント……あ」

セルをちらっと見ると、彼は「ほらな」って得意顔になっている。

が。

状況は俺の予想を上回っていた。

「いろんな所から来すぎて屋敷が埋まっちゃいそうなんだよ」

「やりすぎだろ!」

あの屋敷が埋まるほどの贈り物って、どんだけなんだよ。

# 292．精霊の信頼

　アリスと一緒に屋敷に戻ってくると、想像していた以上の光景が広がっていた。

　贈り物の山は屋敷の外まであふれ出している。

　屋敷に入りきらなかった分も、馬を外した荷馬車ごと庭に置かれている。

　一つ一つはちゃんとした包みで、何なら豪華な宝箱に入ってるんだが、ここまでごちゃごちゃと積み上げられてると――。

「まるでゴミ屋敷に見えてしまうな」

「どうしよっか」

「そうだなあ」

「あたしんとこで預かろっか？」

「うん？　アウルムか」

　横から提案してきたのはミーケを抱っこしてるアウルム。

　アウルムダンジョンの主、悪魔のような見た目の少女はすっかり屋敷に馴染《なじ》んで、当たり前のように俺の横に立っていた。

「預かるってどういう意味だ？」

「言葉通り。あたしの部屋、広さが実質無限大だしさ」

「アウルムの部屋……精霊の部屋か」

アウルムが頷《うなず》く。

なるほど、あそこか。

精霊の部屋という異空間で広さを気にしたこともなかったが、なるほどそういうものなのか。

「とりあえずあっちに放り込めば、屋敷は普段通り使えるじゃん？」

「……いや、それはまずい」

「遠慮することないよ？　あたしとリョータの仲じゃん？」

「いや、遠慮とかじゃないんだ」

「じゃあ、どゆこと？」

小首を傾げるアウルム。

その理由を説明しようとした――が、その必要はなかった。

ドォーン！

論ずるよりも証拠――と言わんばかりに屋敷の反対側で爆発が起きた。

「どういう事？」

「あっ！　モンスターだよあれ、ハグレモノが出ちゃってるよリョータ」

ダンジョン生まれのアリスが先に気づいた。

アリスが慌てて教えてくれた直後に、屋敷の裏からモンスターが飛び出してきた。

巨大な目玉のオバケ、それだけじゃなくて目玉から更に触覚が伸びて、そこに小さな目玉がついてるモンスター。

屋敷の反対側からエミリーとセレストが追いかけるように飛び出して、モンスターに飛びかかっていった。

自分の体よりも巨大なハンマーをぐるぐる回しながら飛びつくエミリー、バイコーンホーンを魔法の杖《つえ》のようにかざしながら大魔法を詠唱するセレスト。

「こうなると思ったよ。ものを積み過ぎちゃまずいんだ。積み過ぎると、人間が届かない場所が出来てしまう」

「あっ、それでハグレモノが……」

「そういうことだ。ものを全部アウルムの部屋に放り込むことが出来るだろうが、そっちでハグレモノ化したらエラいことになる。怪獣大戦争だ」

「そっかー」

「どうするのかはおいといて——ちょっと行ってくる」

初めて見るモンスター、ゲイザー。

エミリーとセレスト、二人が苦戦していた。

二人の苦戦の内容を見て、分析して。

「エミリー、セレスト」

「ヨーダさん！」

「リョータさん！」

「後は任せろ」

「はいです！」

「ええ！」

エミリーとセレスト、二人はゲイザーと向き合ったまま、戦闘態勢で警戒状態のまま後ろに下がった。

代わりに俺が戦いに参加した。

二人の戦闘を見て分析してゲイザーの弱点に、特殊弾を込めた銃口を向けた。

☆

屋敷の中、戦闘をぼうっと眺めているニホニウムの所にアウルムがやってきた。

リョータファミリーが暇な時に集まるサロンの中もプレゼントで埋まっていて、その中でニホニウムが一人ぽつんと座っていた。

そんなニホニウムの前に、アウルムが来た。

「アウルム、って言えば分かるよね」

「……あなたが」

「ふっしぎなもんだよねえ。まさかあたし達が会う日が来るなんてさ、そんなの今まで思ってもなかったよ」

「……ええ、そうね」

「窓から見えただけで勘違いだって思ったらそうじゃなかったわ。なに辛気くさい顔をしてるのさ
「えっ……あなたは……？」

「あんたがニホニウムだね」

あんた」

アウルムはペシッ、とニホニウムの頭をはたいた。

はたかれた頭を押さえて、頭に「？」なマークをいくつも浮かべたような不思議な顔でアウルムを見つめ返すニホニウム。

「あんたの話は聞いた。気持ちは分かるよ」

「…………」

「アルセニック、セレン、プルンブム、フォスフォラス、でアウルム。これなんの事か分かる？」

「……？」

「リョータがなんとかしてきたダンジョンの名前。リョータはすごいんだからね、ほら」

アウルムが手を上げて、指をさした。

彼女が指さす先で、リョータが初めて遭遇するモンスター、ゲイザーをあっさりと瞬殺していた。

豊富な戦闘経験と高い能力値、所有する数々の強力なアイテム。

それらを駆使して、リョータは被害を最小限――屋敷の一部が破壊された程度に抑えて、ゲイザーを倒した。

「リョータがその気になればやれない事はないんだ。あんたの問題なんて、そのうちちょちょいのちょいで解決するんだから、適当にのんびり待ってなさいよ」

「そんなに……信じているの？」

「……うん、ちょっと一緒に来て」

「え？　ど、どちらへ」

「会いに行くの、アルセニックとかセレンとか、プルンブムとか絶対会っとくべきだね」

「あ、会う？　どうやって……いえ、そもそも会ってどうする――」

「怒ってもらう」

「え？」

「リョータに助けを求めておいて、そんな顔でリョータを信じてないイジケ虫をみんなに怒ってもらう。ミーケ、転送でみんなの所に行けるよね」

「お任せを、全部一度連れていってもらってます」

「よし、行こう！」

アウルムはそう言って、ニホニウムを無理矢理引っ張っていった。

山ほどの贈り物は、人間側からの信頼。

アウルムがニホニウムを引っ張っていくのは、精霊側の信頼。

人間からだけじゃなく、リョータは、精霊達からも強く信頼されていた。

# 293. 二択

山ほどの贈り物はセルに頼んで処分してもらった。

ハグレモノとの戦闘でいろいろぐちゃぐちゃになったたし、そもそも匿名で送ってきたのもいる。

全員に突っ返すのは不可能になったから、処分・換金する事にした。

エルザ・イーナ経由で『燕《つばめ》の恩返し』になんとかしてもらうことも考えたが、あそこは野菜関連に特化してて、高価な贈り物は扱えない。

厳密には扱えないこともないけど。

「ほかの所の縄張りに踏み込む事になっちゃうから」

とエルザに言われた。

確かに、儲《もう》かるからといって野菜屋がほかのものにガツガツ手を出したら同業者の心象が良くないよな。

その分セルは貴族、いろんなコネもある。

送られてきたのは高価な品物ばかりで、「高価」と「貴族」ほど相性がいいものはほかにない。

だからセルに丸投げした。

それが一通り終わって、屋敷の内外が普段通りに戻った後、サロンでくつろぐ。

そこに、アウルムがやってきた。

「ちょっと話いい？」

「うん？　なんだ？」

「アイツ、ニホニウムの話」

「ふむ」

少しくたびれたソファーに深く背をもたれて――ほとんど手足を投げ出してだらっとしてたのを、背筋を伸ばして普通に座る体勢に戻した。

相棒のミーケを抱いたアウルムと視線の高さを合わせて、真っ正面から見つめて聞き返す。

「ニホニウムがどうかしたか？」

「リョータ、もちろんあの女を助けるつもりなんでしょ」

「まあ……そうだな。いつも通りのことはするつもりだ」

アウルムも俺に「助けられた」一人だから、言葉はそれだけで足りると思った。

「それ、ちょっと待ってもらっていい？」

「うん？　何でだ？」

「……しばらくいろんなダンジョンを連れて回るつもりだから」

「何か思うところがあるのか？」

アウルムの顔が普段よりも真剣だった。

彼女はアリスと同じタイプで、気楽に日々を生きてるタイプだ。

そのアウルムがいつになく真剣なのは気になる。

「あいつ、ちょっと外を見た方がいいと思う」

「そうなのか？」

「あたし、外を見て良かったたって思ってる」

「分かった」

頷《うなず》く俺、逆にアウルムがちょっと驚いたって顔をした。

「あっさりじゃん、いいの？」

「思うところがあるんだろ？」

「うん」

「だったら任せる、というより精霊同士、思うところがあるんなら任せた方がいいだろう」

「ありがと」

「だったらさ」

「うわっ！」

「ひゃっ」

俺とアウルム、同時にひっくり返るくらいびっくりした。

真横からいきなり会話に割り込んできた一人の男。

「僕の方を先にやってよ」

穏やかな口調、笑みを絶やさない表情。

ネプチューンだ。

「いつの間に来てたんだ？」

「ひ・み・つ」

「……あの二人はいないのか？」

「あはは、四六時中一緒ってわけじゃないよ」

「そうか」

「それよりも、そういうことなら僕の方を優先してよ。テネシン、なんとかしてくれるって約束でしょう」

「そうだったな――」

「サトウ様」

「うおっ！」

「ひゃっ、ま、また？」

またアウルムと一緒にびっくりした。

今度は反対側からセルが現われた。

「どうしたんだセル」

「余との約束を果たしてもらいたい」

「お前との？　ああ、造幣ダンジョンをどうにかするって」

「うむ」

「政治的な何かはクリアしたのか？」

「つつがなく」

「なるほど」

ネプチューンとセル。

二人とした約束、それを同時に果たせと要求してきた。

こうなってみるとアウルムに感謝だな。

「頼むよ、もうキミしか頼れないんだ」

「これは世界に大きく影響する話、是非ともサトウ様の力を借りたい」

二人とも強く俺を見つめて、頼み込んできた。

さて、どっちから行くか。

ネプチューン、そしてセル。

俺は二人を交互に見つめてから。

「テネシンはどこだ？」

と言った。

「ありがとう、キミが来てくれたらもう解決したも同然だよ」

その瞬間ネプチューンが満面の笑みで喜び、セルが苦虫を噛《か》みつぶしたような顔をした。

セルには申し訳ないが、気になる。

今まで一度も無かった、リルとランが一緒じゃないネプチューンの登場。

その事が気になって、ネプチューンの方を選んだ。

テネシン、どういうダンジョンだろうか。

# 294．テネシン、一階

セルが手配してくれた馬車に乗って半日、ネプチューンに連れられて、テネシンにやってきた。

暮れなずむ荒野で、長い長い影を引く高い塔。

てっぺんは見えない、雲の向こうまで続いている。

「これがテネシン？」

「うん、そうだね」

「上に行くのか」

「地下ダンジョンじゃないのは初めて？」

小さく頷《うなず》く俺。

「そっか、まあたまにあるよ、こういうのも」

「そうか」

別に驚きはしなかった。

今までずっとそうだったけど、ダンジョンは別に地下に行くだけじゃない。

上に行くタイプのダンジョンもあって当然だ。

俺は周りをぐるっと見た。

「何もないな。村とか街とかないのか？」

「まだだね、複数の所の利権が絡んでね、調査の結果次第って事になってる」

「なるほど……ちなみに敵は？　ドロップは？」

「ドロップは分からない」

「分からない？」

ネプチューンは微苦笑した。

「調査の結果次第だって言ったでしょ」

「にしたってドロップくらいは分かるだろ」

「ここのモンスター、僕より強いからね。唯一初回だけ勝てたかもしれないけど、そのチャンスを逃しちゃってね」

「お前より強い……初回だけ？」

「中に入ればすぐに分かるよ。ちなみに僕より強いから」

さっきと同じ言葉を繰り返すネプチューン。

その顔は真に迫っていた。

「くれぐれも油断しないように」

「……分かった」

ネプチューンの力は知っている、世間の彼に対する評価や名声も知っている。

そのネプチューンにここまで言わしめるダンジョン。

俺は気を引き締めて、ダンジョンに向かっていった。

「馬車の事を頼む。とりあえず一階だけクリアしてシクロに戻らないといけないから」

プルンブムと毎日会うという約束を守るために。

「請け負った、任せて」

ネプチューンに送り出されて、テネシンダンジョンに足を踏み入れる。

テネシン、一階。

外から塔に見えるダンジョンは、内装も塔そのものだった。

石レンガを積み上げて作られた様な内装、窓もあって日が差し込む。

今まで入ってきたダンジョンの中で、一番物理的に明るいダンジョンだ。

雰囲気は悪くない所だ。

さて、モンスターは――。

「あれ？　どうしたネプチューン、お前は入らないんじゃなかったのか？」

「…………」

向こうからネプチューンがスタスタと歩いてきた。

「っていうか、そっちにも入り口があったのか――」

とっさに反応して、横っ飛びした。

俺にスタスタと近づいてきたネプチューンは拳を握るなり、パンチを放ってきたのだ。

ぶぅうううん！　と空気を引き裂く轟音《ごうおん》とともに鼻先をかすっていったパンチ。

俺が避《よ》けた後の地面に突き刺さって、爆発を起こしたかのように地面が粉々に爆破した。

「何のつもりだネプチューン！」

「…………」

「もしや……本人じゃないのか？」

戸惑う俺、そこにネプチューンが更に踏み込んで、さっきと同じパンチを放ってきた。

グッと踏み込んで、パンチを放って迎え撃つ。

――――！

名状しがたい破裂音が塔の中に響き渡った。

衝撃波で塔が揺れて、俺もネプチューンもどきも互いに三歩下がった。

互角。

ネプチューンと初めて会った時の、あの大衆食堂の事を思い出した。

まるであの時の再現、同じ動きから放ってくるパンチと打ち合った。

互いの動きはあの時とまったく一緒と言っていい。

「なのに互角か……」

俺の力はあの時から更に上がっている。

対して、長年有名冒険者として君臨し続けてきたネプチューンは、あの時点で普通に考えたらレベルはカンストしている。

なのにこのネプチューンはあの時よりも強くなっている。

俺の更に上がった力ＳＳと互角。

偽者、という言葉が脳裏をよぎった。

動きはまったく同じだから、本人のドッペルゲンガーだかなんだかで関係あるはずなんだが、パワーは圧倒的に本人を上回っている。

ネプチューンもどきが更に襲いかかってきた。

通常弾の連射で弾幕を張って距離を取り、蒼炎弾《そうえんだん》の融合で無炎弾をトラップに設置した。

しかしネプチューンもどきはそれをサッと避けて、猛スピードで俺に突進。

パァーン！

強烈なパンチをクロスにした腕でガード、吹っ飛ばされるついでにネプチューンもどきの腕を摑《つか》んで、その勢いを逆に利用して投げ飛ばした。

ネプチューンもどきはすっとんでいって、塔の壁に轟音を立ててめり込んでしまう。

落ちてくるがれきと砂煙の中、悠然と向かってくるネプチューンもどき。

「無傷かい」

ちょっと呆《あき》れた。

砂埃《すなぼこり》はついているが、怪我《けが》らしき怪我はまるでない。

「なら！」

加速弾を自分に撃った。

世界が加速する。

数十倍に速くなった世界の中でネプチューンもどきに突進。

スローモーションのヘビーパンチを難なく躱《かわ》し、喉元を摑んで電車道でネプチューンもどきごと突き進む。

壁に押し込み、ゼロ距離で成長弾と無限雷弾を連射。

「いけるか?」

ダンジョンマスター級でも数回は死んでいる程の連射。

それを受けても、ネプチューンもどきはかすり傷程度で、更に反撃してきた。

タフさに呆れたが、まったく効いてないわけじゃない。

何か特殊な事をしなきゃってわけでもない。

人類最強クラスの冒険者、ネプチューンの数倍強い。

ただそれだけみたいだ。

加速弾の効果はまだ残っている。

スローモーションのガッツリ腕を摑んで地面に投げつけて、大の字になった四肢にゼロ距離クズ弾。

俺のパワーでも押しのけられずにゆっくり直進する性質のクズ弾。

四肢に撃ち込んだそれはネプチューンもどきを地面にはり付けにした。

もがく、が、動けない。

そこに更に連射、マウンティングしながらのゼロ距離連射。

かなりぶち込んで、加速弾効果のぎりぎりまでぶち込んで。

ようやくネプチューンもどきが倒れて、ポン、とドロップした。

ドロップしたのは。

「マツタケか。まったく、どこまでも一次生産だな、この世界のダンジョンは」

今まで出会ったモンスターの中でも五指に入る強さのネプチューンもどきがドロップしたのは高級食材のマツタケだ。

すごいと言えばすごいし、割に合わないと言えば合わない。

この世界らしい、というのも間違いじゃない。

そんなマツタケ。

それを拾い上げると。

「ぞろぞろ来たか」

苦労して倒したネプチューンもどきが、今度は三体現われて、遠くからぞろぞろと向かってきた。

ある程度の距離になると、三体が揃《そろ》って猛突進してきた。

三位一体《さんみいったい》の攻撃、普通なら避けられない。

「リペティション！」

リペティションを放った。

ネプチューンもどきが三体ともあっさり倒れて、それぞれ形のいいマツタケをドロップ。

リペティションも効き、ますます「ただメチャクチャ強いだけ」っぽかった。

「うーん、これはやっかいなダンジョンかもな」

何故ネプチューンなのか、いったん引き返して、アイツに話を聞こう。

# 295. カウントダウン

ダンジョンの外に出て、待っていたネプチューンと合流した。

馬車に乗り込んで、ひとまず予定通りシクロに戻る。その道中で、ネプチューンが聞いてきた。

「どうだった？」

「強かった」

「うん、僕じゃ全然歯が立たなかったんだ」

「お前よりも強かった。なんだあれは？」

「元はそうじゃなかったんだ」

俺は小さく頷《うなず》いた。

ダンジョンで、人間の見た目をしたモンスター。

それで考えられるパターンをいくつも想像したが、共通している点は一つ。

全部、元が普通のモンスターの見た目をしているということ。

「影系、スライム系、ガス系。どれだ？」

「影だね」

ネプチューンは即答した。

なんで分かるの？　という質問も答えも必要ない。

俺もネプチューンもダンジョンの『経験値』が高い。

ネプチューンは長年冒険者としてやってきた分、俺は元の世界にいた時のゲームの知識が加わって、二人ともダンジョンに詳しいから、驚いたり不思議に思ったりすることはない。

「最初に入った時全部が影みたいなモンスターだったんだ。それを倒していくうちに攻撃を一発もらってしまってね。それであの有様さ」

「お前より強いのは？」

「仮説だがいいかい？」

俺は頷く。

「あれは僕の限界だ」

「限界？」

「才能の限界と言うべきなのかな。ある程度まで行ったら自分の力がどのあたりに落ち着くか分かってくるよね」

「ああ、なんとなくな。たまに例外もあるけど」

「うん、例外はたまにあるね。で、あれは僕が思う、僕の限界の強さ。だからもちろん今の僕よりも強い」

「なるほどな……自分じゃどうしようもないって言うのが分かった気がする」

ネプチューンは相変わらずニコニコしている。

「ちなみに二階と三階はそれぞれリルとランになってる。そっちは大して強くない」

「そうなのか？」

「二人とも僕のバックアップに特化しているからね。僕がいないとそんなもんさ」

「…………」

一瞬、レイアの事を思い出した。

人間だったが、好きな様に改造されたレイアの事を。

「……変なことでもしたか？」

「キミが思ってる様な事はしてないよ」

「何をした」

自分の目が細められたのが分かった。

俺が思ってるような事じゃない……やっぱり何かしたのか。

「キスとセックス」

「…………は？」

今度はキョトンとなった。

なに言ってるんだこいつは。

「だからキスとセ——」

「どわああ！　だからなに言ってるんだお前は？」

「リルとランと僕は運命で結ばれていてね、その愛の形があれさ」

「ああもう分かった」

頭痛がしてきそうになって、手をかざしてネプチューンの説明を止めた。

確かに、俺が思ってるような事じゃなかった。

そもそも……こいつら$H_2O$だったな。

「分かった。四階以上は？」

「手をつけてないよ」

「分かった」

「それと気をつけてね、影に姿を取られると――あら」

「どうした」

「見て」

ネプチューンが袖をまくった。

彼の腕の内側に「☆」のマークが並んでいる。

数えると、全部で8個だった。

「それがどうした」

「ついさっきまで12個あったんだ。ちなみにずっと12個だった」

「四つ消えたのか……俺、モンスターを四体倒した」

「なるほどね」

にこりと微笑むネプチューン、俺も頷いた。

これもやっぱり、驚いたり不思議に思ったりする必要はなかった。

「そういうことだろうね」

「ああ、俺もそう思う」

あえて口に出すまでもなく、意見が一致した。

俺が四体倒したから、「☆」が四つも減ったんだ。

「０になると確実にまずいね」

「まずいな」

「逆を言えば――」

「――１までは多分大丈夫」

頷き合う俺たち。

「うん、やっぱりキミにお願いして良かった。僕だけじゃこの事も分からなかったからね」

「後は任せろ。残り二つまでは減らす。減り方がおかしかったらすぐに連絡しろ」

「あはは、一つにしないのはさすがだね」

「お前だってそうしただろ」

「どうかな。うん、やっぱりキミはすごい人だよ」

「一応聞いておく。リルとランの二人も12個だな」

「うん。二つになるまでは抑えておく」

「ああ」

「じゃあ……頼んだよ」

そう話したネプチューンは、☆が減った分さっきよりも真剣な目――。

「――をしないのは何でだ？」

「あはは、キミがやってくれるんだから、ジタバタする必要ないでしょ」

ネプチューンは俺を信用しきっていた。

屋敷に戻ってきた頃にはもう夜になっていた。

「お帰りなのです」

玄関先までパタパタとやってきたエミリー。

「ただいま。悪い、遅くなってしまった」

時刻は夕日が落ちてからしばらく経つ。

夕飯の時間も過ぎて、わいわいとゴールデンタイムの番組を楽しむ時間帯だ。

「ご飯はどうするですか？」

「ちょっと休んでから」

そう言って、ふう、と肺に溜《た》まった空気を吐き出す。

エミリーが維持している、夜でも温かくて明るい屋敷に戻ってきただけで、疲れが癒やされていく気分だ。

「ヨーダさん」

「うん？　――え」

驚いた、エミリーが何の前触れもなく俺に抱きついてきた。

立っていた俺は自然とその場で腰を下ろして、エミリーに頭を抱っこされる姿勢になった。

「お疲れ様なのです」

「そんなでもないけどな」

「新しいダンジョンは大変なのです？」

「うーん、そうだな。大変かも。何しろ一階のモンスターがネプチューンの格好をして、ネプチューンよりも強いわけだから」

「それは大変なのです」

エミリーはそう言って、俺の後頭部をやさしくなで回した。

落ち着いた。

落ち着いて、疲れが完全に吹っ飛んだ。

「ヨーダさん、あまり無茶をしないで欲しいです」

「……変な顔をしてたか？」

「ヨーダさんはやさしいです」

エミリーは直接は答えなかったが、そうかもしれないと俺は思った。

ネプチューンは困っている、俺はそれを助けたい。

そのためにはテネシンを攻略する必要があるが、そのテネシンが一筋縄じゃいかない。

それでもやらなきゃ——と帰り道の馬車の中で思っていたところだ。

「出会った時のヨーダさんと同じ顔なのです」

「それは心配かけた」

「ヨーダさんなら大丈夫です、でも無茶はしないで欲しいのです」

「分かった、肝に銘じておく」

「はいです」

しばらくの間そのポーズのままでいたが、エミリーはそっと俺の頭を解放してくれた。

距離を取った後のエミリーは、いつもの彼女の穏やかな笑顔になっていた。

☆

次の日、プルンブムの所に行ってしばらく世間話をしてから、転送部屋経由でテネシンの一階にやってきた。

気配の数は多く、ネプチューンもどきがダンジョン内にうようよいる。

リペティションで倒せるが、☆の事がある以上むやみやたらに倒す訳にもいかない。

まずは上の階へ、四階を目指して上がろう。

モンスターの気配を感じ取りつつ、それから逃げながら塔の中を進んでいく。

途中でネプチューンもどきと一体出会ったが、強化弾マシマシの拘束弾を撃って、その間に逃げた。

ちょっと焦った。

最高まで強化した拘束弾でも三秒くらいしか拘束出来なかった。

ネプチューンの限界恐るべしだな。

そうして辿《たど》り着いた階段を上り切って、テネシン二階。

早速モンスターが現われた。

緑の髪の可愛らしい少女。

ネプチューンの仲間、ラン・ハイドロジェンの見た目をしたモンスターだ。

ランもどきは消えた。

「速いっ！」

とっさに床を転がって、真横に避《よ》ける。

ランもどきが振り下ろしたつるはしが床を叩《たた》き割っていた。

「自分で戦う時はそれが武器か」

パワーも、スピードも。

ランもどきは想定以上のもので襲いかかってきた。

つるはしを縦に振り下ろして頭を叩き割ろうとする。

シンプルな動きは、高いパワーとスピードに支えられて脅威の一言だ。

基本スペックならダンジョンマスター級。

「だが！」

その動きに合わせて踏み込んで、逆に距離を詰めてつるはしの奥に潜り込んだ。

腕を上げて、つるはしの柄をガードする。

「エミリーなら柄だけで叩き潰せる」

同じような武器を使う仲間の事を思い出しつつ、更にもう一歩踏み込んで銃を突きつけ、成長弾を連射。

一撃必殺級にまで育った成長弾だが、ランもどきの防御力もさすがのもの。

まるでくい打ち機のように、何発も同じ所に撃ってようやく貫通した。

それだけでも倒れなかったランもどき。

俺を蹴りで押しのけて、つるはしを横一文字に振り抜く。

尖《とが》った先端をスウェーだけで避けて、更にくっついて銃弾を連射。

合計十発叩き込んだところで、ようやくランもどきが倒れた。

ポン、と音を立ててドロップする。

出てきたのは。

「黒いスイカか、こりゃまた珍しいものを」

ランもどきがドロップしたのは、表面がつるつるして、黒光りするまん丸のスイカだった。

スイカだが、ものすごい高級品で、一玉平気で一万円もする様な代物《しろもの》だ。

こっちの世界では初めて見たが、多分同じくらいの値段だろう。

「一階マツタケだし、テネシンは高級食材専門か？」

そのスイカを持って、まず一階に下りた。

転送ゲートを使って屋敷に戻って、スイカを置いてテネシン二階に戻る。

転送部屋の条件は行った事のある階へ行けるものだが、戻る時は転送した階からじゃないと戻れない。

それはつまり、新しく行った階層からはすぐに戻れないという意味でもある。

ランもどきは手ごわかった。

いざって時のためにも、こうして転送ゲートを上へ上へと、挑戦する階からすぐに下りれば逃げられる状況にしておきたい。

ちなみに黒玉スイカは後でエルザとイーナの所に持ち込むために持ち帰った。

転送ゲートを使ってテネシン二階へ。

ランもどきもやたら倒して☆を減らしたらいけないから、避けて避けて、次の階に上がった。

テネシン三階、出てきたのはピンク色の長い髪の美女だった。

ボンテージ衣装をまとって、ムチを持っている。

まるで女王様だ。

リル・ハイドロジェン。

ランと同じハイドロジェンダンジョンの精霊に認められた精霊付き。

ネプチューンの味方だ。


「くっ！」

出遅れてしまった。

リルの手が一瞬ぶれたと思ったら、次の瞬間首に何かが巻き付いてきた。

とっさに腕を割り込ませた。

巻き付いてきたのはムチ。

リルもどきが振るったムチが生き物の様にしなって、俺の首に巻き付いてきた。

とっさに入れた腕のせいでどうにか首が絞まらずにすんだ。

リルもどきが手を引き、俺の体が引っ張られていった。

「パワーもあるのか！」
叫びつつ、ムチに向かって成長弾を撃つ。
ムチそのものはたいした強度じゃなくて、一発で撃ち抜いてちぎれさせた。
空中で半回転して着地、しかし目の前に更にムチが飛んできた。
そのままガバッと四つん這《よ》いで避《ば》けて、すかさず地面を蹴って距離を取る。
リルもどきが持ってるムチはいつの間にか再生していた。
弾を変更、追尾弾を込める。
追尾弾を撃ってリルもどきのムチに当てる。
ムチは撃ち抜かれてちぎれたが、すぐにまた再生した。
「なるほどそういう武器か」
しなるムチが更に飛んできて、今度はムチとリルもどきの両方を撃つ。
リルもどきに撃ったのは弾かれて、ムチはまたちぎれた。
ムチの強度はたいした事はない。
そして。
「再生してる間は動けないのか」
三回もやれば傾向が見えてくる。
ムチを再生してる間、リルはほとんど動けない。棒立ちだ。
リルもどきのパワーもテクニックもたいしたものだが、武器がついていってない。
俺はムチを狙った。

再生しきる直前で撃ってちぎれさせた。
ムチをずっとちぎれた状態にしておくと、リルもどきはずっと棒立ちのままになった。
そうやって足止めしながら、リル本体を成長弾で撃ち抜く。
ランもどきと同じようにタフだったが、棒立ちだから楽に倒せた。
そうしてドロップしたのは。
「……キャビアか」
テネシン、やっぱり高級食材ダンジョンっぽいな。

## 297．ＳＳＳの敵

テネシン、四階。

ランもどき、リルもどきの両方を倒した俺は、その余勢を駆ってそのまま四階まで上がってきた。

「早速来たか」

目の前に現われたのは、影が浮かんでいる様なモンスター。

ネプチューンから聞いた通りのヤツで、まずはこいつを倒す事にした。

影は肉薄してきた。速度はそれなり。

ステータスで言えば速さＣってところか。

それをサッと避《よ》けて、主力の成長弾を横合いから撃ち込む。

すると影はさしたる抵抗も無く、あっさりと成長弾に撃ち抜かれて消滅した。

ドロップは――。

「ない、か。これでドロップするんなら話が早いんだが」

そう上手くはいかないかと、俺は苦笑いした。

影の状態はかなり弱い。

別に何もしなくても安定周回出来る程度に弱い。

だがドロップはしなかった。

ドロップオールＳ。

この世界で俺だけのこの能力でドロップしないのは、「ドロップする条件を満たしてない」から。

例えば親子スライムの子スライムとか。

子スライムをいくら倒したところでドロップはしない。

この影も一緒で、多分姿を変えなきゃドロップはしないだろう。

少し歩いて、塔の中をさまようとすぐに次の影とエンカウントした。

今度は防御態勢に入る。

ＨＰと体力と精神全てがＳＳ、アブソリュートロックの石で無敵モードを発動して、無限回復弾を込めた銃口を自分に当てていつでも撃てるようにする。

その状態で、影の攻撃を待った。

影は向かってくるなり攻撃してきた。

それを一発喰《く》らった直後。

影はムクムクと、ランプから出た魔人のように、人の形をかたどっていった。

影が変化したのは俺の姿。

同じ二丁拳銃を持った俺もどき。

どこからどう見ても俺で、リョー様よりも遥《はる》かに俺だった。

唯一、無表情っぽいところをのぞけば、自分でも鏡を見ていると思うくらいそっくりだ。

その俺もどきが肉薄してくる。

「――速いっ！」

腕をクロスしてガード、そのガードごと、無敵モードの状態で吹っ飛ばされる。

パワーもある、オマケに俺が普段使わない魔法も撃ってきて、その魔法の威力も高かった。

くらっときた。

アブソリュートロックの無敵モードを貫通してダメージがきた。

「当たり前か！」

吐き捨てるように言って、距離を取る。

アブソリュートロックを倒したこともある俺だ、俺もどきなら無敵モードくらい貫通出来る。

無敵モードじゃ動きが鈍くて反撃できないから解除した。

銃を構えて反撃、トリッキーな軌道を描く追尾弾連射で目くらましを入れつつ、俺もどきの懐に潜り込んだ拳を握る。

「なにっ！」

拳を振り抜こうとした瞬間、俺もどきの姿が消えた。

何処に行った――と意識が探して回った瞬間には、衝撃が体を突き抜けていった。

上下の感覚がなくなって、指先に血が溜《た》まる。

高速で吹っ飛ばされた時の感覚だ。

「ふっ！」

空中でぐるっと体勢を立て直して、クズ弾を撃ってそれで勢いを殺す。

着地すると、ポタッ、ポタッと地面に何かがこぼれ落ちた。

俺の血だ。

口からこぼれる俺の血、吹っ飛ばされた一撃で負ったダメージだ。

もう、間違いない。
パワーもスピードも、俺もどきは俺よりも高い。
ネプチューンがそう言うように、自分よりも更に強いもどき。
それを見て、俺は笑った。
自分ではっきりと分かるくらい、口角を持ち上げて笑った。
「感謝するよ――テネシン」
聞こえているかどうか分からないが、このダンジョンの精霊に感謝の言葉を放った。
もどきの正体を、ネプチューンは「自分の才能の限界」だと判断した。
俺もそう思う、なぜなら俺はまだまだ中途半端な「ＳＳ」だからだ。
「俺は、まだ強くなれる」
俺もどきが追撃をしかけてきた。
銃を構えて、二発の弾丸を同時に撃ってきた。
銃弾は融合して貫通弾になった。
俺は決断した。
格上との戦い、決断は一瞬だ。
貫通弾が命中するよりも先に、銃口を自分に当てて撃った。
加速弾。
次の瞬間、加速する世界に踏み込んだ。
俺もどきよりも更に速くなって、銃弾を避けてそいつの懐に潜り込んだ。

「やらせん！」
俺もどきが自分に銃口を当てようとしたのが見えた。
加速する世界の中でも、普通の人間の普通の動きくらいの速度がある。
その反応の早さで、自分も加速弾を撃って加速世界で対抗しようってもくろみだ。
それを払った。銃口を払いのけた。
加速弾がそれて、天井に撃ち込まれる。
そのまま俺もどきを殴った。
殴られて吹っ飛ぶ――そいつの腕を摑《つか》んで引き留めた。
俺がよくやっていることだからよく分かる、さっきもやった。
吹っ飛ばされている最中は銃弾でいろいろ立て直すことが出来る貴重な時間だ。
だから引き留めた。吹っ飛んでる時に加速弾を入れられたらヤバイ。
摑んで、銃口を払って、殴った。
摑んで、銃口を払って、殴った。
それを繰り返してダメージを蓄積させる――。
「ちぃ！」
俺もどきから反撃を受けた。
加速中なのに、狙い澄ましたカウンターが頬をかすめた。
加速の差が無ければやばかったが、ここまでだ。
俺は更に集中して、加速の利を活かして、俺もどきを一方的に倒す。

途中で無敵モードに入ろうとしたが、それも止める。
嵐の様な30秒間、ＨＰも体力も俺より上でタフな俺もどきを、どうにか殴り倒した。
ネプチューンが敵わなかった自分もどきを、どうにか倒す事が出来た。

## 298．カウントダウン開始

夜の屋敷、サロンの中。

深夜に近い時間帯に訪ねてきたネプチューン。

腕まくりして、彼に見せた。

俺の腕には「☆」のマークが11個。

ネプチューンと同じ、ＭＡＸが12の☆のマークだ。

それが11個しかないのは、俺もどきを一体倒してきたから。

「すごいね、いや本当」

ネプチューンは珍しく、真面目な顔で感嘆した。

今までの彼は、たとえ助けを求めてきてもどこか余裕っぽいものがあり、常に飄々《ひょうひょう》としていた。

それが今は、素直に感心している様子だ。

「そうか？」

「キミが僕の偽物を倒すのは驚きに値しないけど、自分自身の偽物を倒したのはすごいよ。強かったんでしょ？」

「ああ、強かった。タッチの差だった」

これは本当だ。

もし向こうに先に加速弾を入れられたら、やられてたのは俺だろうな。

「あはは、そりゃそうだよ。超高レベルの戦いなんていつも紙一重だから」

「なるほどな」

分からないでもない。

「それと、許可は取ってるけど、リルとランも一回ずつ倒した」

「うん、それは言い含めてあるから気にしないで。それよりも何か気づいた事は？」

「あの二人も強いな」

「うん、それがあるからこそ才能だって思ったんだ」

「どういうことだ？」

ネプチューンはニコッと微笑んだ。

「偽者と僕の戦力差が１００対90だとするとね」

まあそれくらいか。

「リルとランだと１００対１くらいなんだよ」

「なんでそんなに」

「だから才能。二人とも直接戦闘の力を伸ばすのを捨てたからね。君だって、冒険者になってなかったら違う能力が伸びてたでしょ」

「……そうだな」

俺は苦笑いした。

冒険者になってなかったら――いや。

異世界に来られなかったら。

多分今でも社畜で、デスマーチの毎日で。

食事の効率摂取と目の下のクマが伸びてたことだろう。

……もっと簡単な話か。

パワー極振りと、物理メインだけど魔法もちょっと使いたいよね。

そんな感じで育成方針が違うだけの話だ。

「となると、あそこにいるのは」

「うん、直接戦闘に特化したら――だと思う。モンスターだからね」

「なるほどな」

「明日も行ってくれるのかい？」

「ああ、もう二、三階上に上ってみる。転送で行くから、下の階はすっ飛ばすから☆を減らす事はない」

「あはは、やっぱりキミに助けを求めて良かった。すっごい安心感。今までキミに助けられてきた人達はみんなこんな気持ちだったんだろうね」

「どうかな」

それは俺には分からない。

ゴーン――と、屋敷の外から鐘の音が聞こえてきた。

日付が変わったことを示す鐘の音。

「さて、もう遅いし僕は帰るよ」

「何かあったらすぐに連絡する」

「うん、何か僕に出来る事が見つかった時も、ね」

「ああ、遠慮なく力を借りる」

「あはは、もう僕のボスなんだから、やれ、はい、でいいよそこは」

「うちのファミリーはそういうのじゃないから」

「みたいだね」

とりとめのないやりとりを交わし、ネプチューンは屋敷を後にしようとする。

コンコン。

彼が出る前に、ドアがノックされた。

ドアが開いて、エミリーが入って——くるなり後ろから押しのけられた。

「エミリー!?」

「あわわ！」

エミリーを押しのけて現われたのはリルとラン。

ネプチューンのコンビ——いやトリオの二人だ。

「大丈夫かエミリー」

「大変だよネーくん！」

「どうしたんだいリル、ラン」

「これを見なさいよ」

リルがそう言って、袖をまくって、腕をネプチューンに見せた。

俺とネプチューンにあるのと同じように、彼女の腕にも☆のマークがあった。

知っているが、実際に目すると事態の重大さをより思い知らされる。

が、重大なのはここからだった。

「減ってる？」

「そうよ、減ってるのよ」

「私のも減ってるんだ、ほら」

ランも同じように腕を見せた。

「どういう事なんだ……むっ」

「どうしたネプチューン」

「僕のも減ってる」

「なに⁉」

俺はネプチューンの腕を見た。

彼の言う通り、☆のマークは減っていた。

「倒した回数よりも……一つ減ってる？」

「うん、リルとランも同じ」

「俺は――減ってない」

慌てて自分の腕を見たが、こっちは減ってなかった。

俺とネプチューン、二人は同時に考え込んだ。

やがて、ほぼ同じタイミングで顔を上げた。

「減ったのは、日付が変わったから？」

「減りだしたのは、日にちが経ったから？」

答え合わせ。

俺もネプチューンも、膨大な経験値から、現状を素早く分析した。

そして互いに頷《うなず》き合い、相手の推測がきっと正しいと認める。

「問題は今までの分で1減るのか」

「それともここからスタートで、毎日減っていくようになるのか、だな」

またしても頷き合う俺たち。

答えが出たのは24時間後、次の日の鐘が鳴った後。

ネプチューン達三人のマークがまだ自動的に一つ減った。

制御出来ないカウントダウンが始まって、俺はぞっとした。

## 299. 星の果て

テネシン、五階。

初めて来た階層で、俺は何もせずじっと待っていた。

仲間がやってくるのを。

しばらくして転送ゲートが開き、光の渦の中からミニ賢者のユニークモンスター、ミーケが戻ってきた。

ミーケは自分の体とほぼ同じ大きさのスライムを抱っこ——いやむしろ運搬って感じで運んできた。

スライムはもがくが、ミーケから逃れられない。

「お待たせです、テルルから捕まえてきました」

「ありがとう」

そう言ってスライムをミーケから受け取りつつ、間髪いれずに拘束弾を撃ち込む。

テルルから捕まえてきたという言葉通り、ミーケは世界で唯一、自分や自分が触れているモンスターならダンジョンの階層を越えさせる事が出来る存在だ。

ユニークモンスター。

モンスターから個体独自の進化をとげ、自分だけの能力を身につけたモンスターの事をそう呼ぶ。

ミーケは、ダンジョンマスターでもダンジョンの精霊でも出来ない、ダンジョンの出入りの能力を得たたった一体のモンスターで、その能力を見込まれてアウルムと常に一緒に行動している。

ミーケ・アウルムという名の精霊付きでもある。

そんなミーケに、スライムを一体ここに連れてくるように頼んだのだ。

「リョータ様、この子をどうするんですか？」

「見てな」

拘束したスライムをその場に置いて、念の為に更に拘束を追加してから、ミーケを連れてその場から離れた。

物陰でこっそり様子をうかがってると、テネシンのモンスターである影が一体現われて、ゆらゆらとスライムに近づいた。

スライムは反撃に飛びはねようとするが、拘束弾に縛られてまったく動けない。

逆に影がスライムに攻撃をしかけた。

スライムは弱いので、一発でやられないように、影の攻撃と同時に回復弾をスライムに連射した。

回復弾のフォローで、影の一撃を受けてもどうにかスライムは生き残った。

直後、影が変身を始めた。

素の影が初めて攻撃した相手の姿になる、か。

「ミーケ、スライムを頼む。俺の見える所にいてくれ」

「分かりました、私にお任せ下さい！」

物陰から出て、ミーケにスライムを預ける。

影がスライムに変身して、元のスライムの体に12個の「☆」のマークが出来た。

今日はこの12の☆が全部消えたらどうなるか、それを試すためのテストだ。

ついでに、もやしをドロップするスライムが、ここでスライムもどきになったらドロップがどうなるのかというテストでもある。

そんなもくろみを抱えながら、モンスターで「☆」が出るのを確認してから、スライムもどきに

――


「ぐほっ！」

ものすごい突進を受けて、ぐらついて目の前がチカチカした。

影が化けたスライムもどき、その突進は速くて重くて、よそ見をした一瞬の隙でやられた。

速さも重さもかなりのもの、ネプチューンには及ばないが、どっちもやっぱりAはあるくらい強かった。

同じランクでも細かい数値の差はある――のはこの世界の人間はあまり意識してないが、ニホニウムで1ずつ上げてきた俺は知っている。

成長弾を撃って、スライムもどきを振り払う。

そいつはいったん距離を取った後、人の頭の高さまで飛び上がって、息を吸い込んで体が倍近く風船のように膨らみ上がった。

直後、スライムもどきは火を吹いた。

まるでドラゴンのように、口から火炎ブレスを吐いた。

「くっ！」

二丁拳銃でとっさに冷凍弾を連射、冷気で火炎ブレスを防ぐ。

炎と氷がぶつかり合って、水蒸気が爆発的に広まる。

それを予想していた俺は地面を蹴って突進、水蒸気を煙幕にスライムもどきに肉薄した。

力と速さは分かった、防御力を把握したい。

銃ではなく拳を握ってスライムもどきを殴った。肌で感じ取るために。

硬かった。元のスライムなら一撃でばらばらにはじけとんでいたパンチを受けても、スライムもどきは吹っ飛んだだけで、ケロッとしていた。

まるで硬いゴムボールを殴った様な、そんな感触。

「体力はBってところか、やっかいだな」

着地したスライムもどきは殴られた所がへこんでいたが、そこがキラキラと光をまとって、回復を始めた。

回復まで出来るとは、スライムの限界っておそろしいな。

まあ、スライムが限界まで育ったら強くなるなんて、俺の中じゃ当たり前の話だから、驚きはなかった。

一通り能力を見終えたところで、俺は本気を出した。

二丁拳銃で通常弾による弾幕を張りつつ、それを掩体《えんたい》にしての突進。

スライムに接近して、至近距離で八方向から同時にクズ弾を撃ち込んだ。

ちょっと前に見つけたやり方。

四方八方からクズ弾に固められたスライムもどきは動けなくなって、体が徐々にひしゃげていく。

手間は掛かるが、拘束弾の上位バージョンだ。

拘束弾は引きちぎられた事がある。だがクズ弾の前進は止められた事がない。

絶対に剝がれない八本の釘《くぎ》ではり付けにしてるようなものだ。

効果時間は拘束弾より短いけど、その効力は絶対級。

余裕を持って拘束したスライムもどきを倒した。

ドロップ品は白い何かの塊。

戦闘が終わったことで、ミーケがゆっくりと近づいてきた。

「それはなんですか？」

「なんだろう……ああ、トリュフか」

ネットでしか見た事ないし、そもそも元の形を見た事ないんで一瞬分からなかった。

白くて香り高いキノコ、更に高級食材ダンジョンって事で推測がついた。

「それよりもスライムの☆は？」

「一つ減ってます」

「よし、ここからはついてきていいぞ」

「分かりました！」

ミーケを連れて、テネシンの五階を歩いて回った。

エンカウントするスライムもどきをリペティションで倒していく。

ここは既知の通り、一体倒すごとに☆が一つ減っていった。

順調に11体倒して、最後の一つになった。

「リペティション」

目標数最後のスライムもどきをリペティションで倒して、スライムの☆を0にした。

「…………」

「…………」

何が起きるのか身構えていたが、何も起こらなかった。

待てど暮らせど何も起こらなくて、更に別のスライムもどきがやってきて、それもリペティションで倒したが、やっぱり何も起こらなかった。

「……ブラフ、だったのか？」

「そうみたいですね」

「うーん、何も起こらないはずはないんだがな」

この大仰さ、何もないのはちょっと信じられない。

意味深な12という数字、一体倒すごとに1減って、その進行を止めていても日にち経過で更にカウントダウンしてくる現象。

ここまで状況が揃《そろ》ってるのに、0になっても何もないって事は信じられない。

何かがある、絶対に。

そう強く思ったんだが。

「何も変わらないんだな。ミーケ、そのスライムを放してやれ」

「分かりました」

ミーケから離れたスライムは怒った顔で俺に攻撃してきた。

それをガードする。攻撃力は変わらない、テルルのスライムのままだ。

「どうなってるんだ？」

「あの、このスライムはどうしましょう――あっ」

俺に聞いてくるミーケの一瞬の隙を突いて、スライムは逃げ出した。

「まてー」

ミーケは慌ててその後を追った。俺も追いかけていった。

ミーケとスライム、二体の後を追いかけていくと、そこには四階に下りるための階段があり、スライムはそこに体当たりをしていた。

何度も何度も体当たりしては、跳ね返される。

下に続く階段に、まるで見えない壁でもあるのか、って感じで跳ね返されてしまう。

その光景にミーケも驚いているのか、追いついたが捕まえずに眺める事にした。

「もしかして……」

「え？」

「☆が全部消えると、オリジナルはダンジョンの囚われの姫になる……とか？」

出られないスライムを見て、俺はそう推測した。

# 300. 安心

階段の下に向かって体当たりを繰り返すスライムを眺めながら、ミーケに言う。

「アイツを連れて出られないか試してみてくれないか」

「分かりました！」

ミーケはトタタタと走っていった。

接近に気づいたスライムの迎撃を躱《かわ》しながら、しっかりと身柄を確保する。

その状態で、階段を下りることを試みるが。

「ダメですリョータ様、下りられません」

と、若干困った顔で報告してきた。

ミーケ自身は階段を数段下りていったが、境目のところでスライムが引っかかってそれ以上下りられなかった。

「どういう感覚なんだ？」

「えっと、ここでスライムが見えない壁に引っかかってるって感じです」

「なるほど。そうだ、転送ゲートはどうなんだろう」

「あっ……やってみます」

ミーケはトタタタと階段を上って、自分がやってきた時に使った光の渦、屋敷の転送部屋に繋《つな》がるゲートに向かっていく。

スライムを確保したままそこに飛び込もうとしたが、そこでもやはり。

「やっぱりダメですリョータ様、まったく同じ感じです」

「そうか。もういいぞ」

俺が言うと、ミーケはスライムを捕まえたまま、俺の所に戻ってきた。

最後にもう一度確認した。

ミーケからスライムを受け取って、もがくそれをガッチリ捕まえて、階段の所に連れていく。

見えない壁に押しつけるが、通れない。

ずるっと手が滑って、俺の手が通れたことでつんのめったのが、ちょっと不思議な感覚だった。

こういう時によく助けられたクズ弾をスライムに撃ってみた。

それはあらゆる干渉を無視して、とにかくマイペースに、ゆっくりと直進する弾丸。

クズ弾に押されたスライムは体がへこむ程変形したが、やっぱり下の階には行けなかった。

「あっ……」

ポン、という音が聞こえた。

やり過ぎた。

引き際を見誤って、スライムがクズ弾と壁に挟まれて、限界を超えて破裂した。

「た、倒しちゃいました」

「やっちゃったな」

俺は苦笑いする。

「この場合、どうなるんでしょうか」

「そういえば」

スライムがコピーされて、この階層から抜け出せなくなって。

そのスライムが倒されてしまった状態だと、スライムもどきはどうなるんだ？

ミーケに指摘されて気になった俺は、一緒になってテネシンの塔の中を歩き回った。

すぐに状況が分かった。

俺たちの前に影が現われた。

スライムもどきではなく、影。

「どうやら……やられると元に戻るようだな」

「そうみたいですね」

「もう一度試してみよう」

「じゃあもう一匹捕まえてきます」

「いや、こっちの方が早い」

俺は通常弾を一発取り出して、地面に置いてミーケを連れて距離を取った。

しばらく経って、それはスライムのハグレモノに孵《かえ》った。

そのスライムを捕まえて、更に歩き回って、影にエンカウントしたところで、スライムを影に放り投げる。

もう一度スライムもどきを作ってテスト——のつもりだったんだが。

「変わりませんね」

「変わらないな」

回復弾で援護をしているのに、影が攻撃しても、さっきみたいにスライムもどきになることはなかった。

これって……もしや。

☆

「いやあ、やっぱりキミはすごいよ」

テストの三巡目、コクロスライムもどきがぞろぞろいる中で、訪ねてきたネプチューンがいきなりそんなことを言った。

「元のモンスターじゃないとならない、ハグレモノだと偽物が出来ない。そんなの、普通にやってたら絶対に分からないことだよ。そもそもモンスターの偽物になるってのは絶対に判明しない」

「俺じゃなくて、ミーケの力だ」

「この子もキミがいなかったら生まれてこなかったでしょ」

ネプチューンはニコニコしながら言った。

ミーケはボドレー・リョータでユニークモンスター化した子だ。

俺がいなかったら生まれなかった、そう言われたらそうかもしれない。

「で、色々テストしてるみたいだけど、何か追加で分かったの？」

ネプチューンの質問に、俺は今までの情報を頭の中でひとまずまとめてから、ネプチューンに話した。

「人間と、オリジナルのモンスター。どっちかが影に攻撃されるともどきが出来る。もどきを12体倒して「☆」を0にすると、オリジナルはこの階層に閉じ込められる」

「この階層にいなかったら？」

ネプチューンが疑問を呈した。当然俺も考えた可能性で——俺たちは1階から4階までまだ囚われてる四人が今一番気になることだ。

「もどきが出来た後ミーケに屋敷に連れて帰ってもらった。12体倒したらここに強制召喚される」

「されるんだ」

「ただしモンスターだから、来た瞬間に消滅した」

「なるほどね、ダンジョンとか階層を跨《また》いじゃいけないのはそのままなんだね」

「☆が全部消えた場合、ここに閉じ込められるだけだと思う。まだ結論付けるのは早いかもしれないが」

「それが本当なら」

「うん？」

「将来的に、ダンジョンに永久就職してもいい、って人を募る必要があるね」

「うん？　ああそうか」

その発想はなかった。

俺はネプチューン（と俺自身）を助けるためにテネシンに来ていて、一方のネプチューンはダンジョンの生産地としてのスペックを調査しに来た。

その立場の違いが、発想の違いに表われた。

「そうだな、今までの情報で全部だったら、戦闘能力が低く、ダンジョンに住み続けてもいいという人を雇えばいいな」

アレな条件だが、高級食材ダンジョンだし、高給を約束すればいい話だ。

「その場合階層から動けないから、快適さも保証してやる必要はあるね」

「このダンジョンならかなりの税金は取れるから、そこはどうとでも――――」

俺は目を見開いた。

自分でも分かるくらい、まなじりが裂けるくらい目を見開いた。

「どうしたの？」

俺は無言で動き出した。

頭の中に浮かび上がってきたひらめき、それが正しいのかを確認するために。

ミーケが安全な所で確保してるオリジナルのコクロスライムを倒して、五階のモンスターをいったん影に戻す。

そして別に用意している眠りスライムを連れてきて、影の前に放り出す。

攻撃されて、影が全部眠りスライムになる。

眠りスライムもどきを6体倒して、オリジナルの☆を半分減らしてから。

「ミーケ、その眠りスライムを連れてきて」

「分かりました」

「何をするつもりなの？」

ネプチューンが横についてきた。

俺が気づかなかったように、今でもダンジョン調査が頭にあるネプチューンはその事に気づいていない。

そんなネプチューンとミーケを引き連れて、六階に上がる。

ダンジョンスノーが降りしきるテネシン六階。

早速現われた影の前に眠りスライムを放り出し、フォローをして、六階の影を眠りスライムもどきにする。

オリジナルの眠りスライムの、半分の６個まで減った☆が、12個に戻った。

ＭＡＸの12だ。

「もしかして！」

「ああ」

ネプチューンと一緒に五階に戻る。

さっきまで眠りスライムもどきだったのが、また影に戻った。

「すごい、すごいよキミ」

ネプチューンがはしゃいだ。
☆が減りきってしまうとどうしようもないが、そうなる前に別の階層でリセットすることが出来る。
それを知った俺は、少しだけホッとした。

# 301．地下室の奇跡

テネシン一階、最後に俺が影から攻撃を受けて、「☆」をリセットする。

俺もどきになった一階の影を、リペティションで倒して、マツタケをドロップさせた。

俺、ネプチューン、リルとラン。

交互に新しい影に攻撃を喰《く》らって、腕の☆をリセットした。

これで三人は☆12個、俺は今一つ減らしたから11個になった。

「本当に助かったよ」

ネプチューンが笑顔で言った。

彼の後ろにいるリルとランはいつもの調子に戻って、ネプチューンの事だけを見つめている。

ネプチューンの事しか目に入らない、そんないつもの二人だ。

「キミがいなかったらどうなってた事か。一回でも☆が完全に消えるともう抜け出せなくなってたねえ」

「そうだな」

俺は微苦笑しつつ、小さく頷《うなず》いた。
☆が完全に消えてフロアに閉じ込められたテスト用のスライムに、別のフロアから持ってきた影のハグレモノをけしかけてみたが、☆はリセットされなかった。
そもそも、影はその階でしか能力を発揮しない。

ハグレモノで別の階に連れていっても、もどきは生まれなかったのだ。

「だから、本当に助かった。ねっ、リル、ラン」

ネプチューンは二人の少女に話を振った。

彼がそう言っても、俺には感謝なんてしないのがこの二人――だと思っていたが。

「ありがとうね、リョータさん」

「心から礼を言うわ」

「…………」

俺はポカーン、となった。

今の顔を写真に撮って「唖然《あぜん》」ってタイトルをつければコンクールとかで入賞出来そうな。

それくらいポカーンとなってしまった。

「なによ、そんなに驚くこと？」

普段から俺にツン要素の多いリルが、ちょっとだけツンに戻った。

それが妙にホッとした。

「ああいや、素直にお礼を言われるとは思ってなかったもんで」

「本当に感謝してるんだよ」

「ええ、あなたがいなければ、私たちは永遠に彼と引き裂かれてしまってたわ」

「うん！　だから……本当にありがとう」

ああ、なるほど。

俺は納得して、またまたホッとした。

普段からネプチューンしか見てなくて俺の事はどうでもいい二人。

心からの感謝も、ネプチューンとの未来を救ったことに対するものだというのなら、このうえなく腑《ふ》に落ちるものだった。

ブレない二人を、俺は初めて好ましく思った。

「さて、僕たちはこれで失礼するよ」

「帰るのか」

「うん。前の経験からして、自然に減り始めるまでだいぶ猶予があるからね。久しぶりに二人と心からホッとする一日を過ごしてくるよ」

「そうか」

「また何か分かったら呼んで。もちろん手伝いが必要な時も――ボス」

冗談っぽくだが、「ボス」と強調して言うネプチューンに、二人の女はまたしても不快感を滲《にじ》ませた。

とりわけリルが人を殺せそうな視線を投げつけてくる。

「ボスはやめてくれ」

「あはは、またね」

笑いながら去っていくネプチューンと、二人の女を見送った。

ランは一度立ち止まって俺に手を振って、リルは肩越しに目礼だけ向けてきた。

まだまだ懸案が残ってるが、二人の態度の雪溶けに俺は満足感を覚えた。

完全に解決していないが、とりあえずは猶予が出来た。

俺も今日はひとまず帰ってのんびりする事にした。

通ってきた転送ゲートを使い、屋敷に戻る。

「きゃっ！」

転送部屋から出た瞬間、アリスとぶつかってしまった。

彼女は尻餅をついて、肩に乗っかっている仲間モンスター達も床に投げ出される。

「いててて……みんな大丈夫？」

デフォルメサイズのモンスター達は可愛らしいボディランゲージで大丈夫だと告げ、一体《ひとり》また一体《ひとり》とアリスの肩に飛び乗っていく。

全員が肩に乗ったのを確認してから、アリスは立ち上がる。

「ごめんねリョータ」

「いやこっちこそ。どこか痛めなかったか？」

「大丈夫だよ、みんなもそうだよね――って、ホネホネそれ面白い！」

仲間モンスターの内の一体、スケルトンのホネホネの目――骨だからぽっかりと空いた穴の目に、マツタケが刺さっていた。

「ごめんそれ俺のだ」

最後にドロップして持ち帰ってきたヤツだ。

スポン！ と、アリスがホネホネからマツタケを引き抜くと空気の音が鳴った。

「あははは、スポン！ だって、スポンだって！」

ゲラゲラと笑うアリス、仲間モンスター達も小さい体を使ったボディランゲージで笑いを表現した。

仲間モンスター達の中にはマスタードラゴンのガウガウや、フォスフォラス精霊のメラメラもいる。

ダンジョンマスター級のモンスターと、ダンジョン精霊そのもの。

その二体まで、アリスと同じゲラゲラ笑いをした。

漫画だと頭の上に笑み線が飛びかうくらいの愉快な笑い方だ。

「その二体ってそういう性格だっけ」

「うん？　ガウガウとメラメラのこと？」

「ああ」

「そだよー」

あっけらかんと返事をするアリス。

いや違うだろ……と俺はツッコミかけた。

ガウガウはもちろん、フォスフォラスは間違いなく違う。

子は親に似てくる――みたいな話だと何となく思った。

「はい、これ」

「ありがとう」

アリスが差し出したマツタケを受け取った。

「ドロップ品？　エルザの所に転送しないのは珍しいね。それ食べるの？」

「いやそういうわけじゃないんだが」

「ふむふむ、じゃあハグレモノにするんだ」

「え？」

「だって、食べるとか換金じゃないものは、大抵ハグレモノにして別アイテムにするんでしょ？　リョータは」

「なるほど……ハグレモノか」
☆の恐怖、いや焦りか。
そういうのがついさっきまで存在していたから、テネシンの産物のハグレモノ化でドロップ変換はまだしてない。

ハグレモノで影がもどきを作れるかどうかのテストの時も、そうならなかったからネプチューンがそのまま倒したんだ。

俺はまだ、テネシンのハグレモノを倒していない。

「せっかくだしやってみるか」

「あたし見学するー」

アリスは挙手するように手をあげて、俺についてきた。

二人で一緒に屋敷の地下室にやってきた。

端っこにマツタケを置いて、距離を取る。

しばらくして俺もどきが孵《かえ》った。

「おおっリョー様！　じゃなくてリョータ？」

一瞬、プルンブムのリョー様だと思ったアリスは小首を傾げた。

少女マンガ風イケメンのリョー様と違って、オールマイト召喚のりょーちんとも違って。

こっちは、完全に見た目が俺だ。

それをリペティションで瞬殺した。

地下室では屋敷を壊さないために常にリペティションで瞬殺だ。

今回はなおさらそうした。

ハグレモノではならないいと結論づけたが、万が一そうじゃなくて、アリスに攻撃がいったらややこしいことになる。

だから、普段よりも更に食い気味でリペティションを使った。

俺もどきは一瞬で倒されていなくなったが。

「あれ？　何もドロップしないね」

「しないな……」

「おかしいね、今までこんなことあったっけ」

「記憶にある限り、ないな」

「うーん、それっておかしいね」

「…………」

どういう事なんだろうか、と首をひねる。

ドロップしなかった事なんて、今までなかった。

ハグレモノを倒しても何かしらドロップするのが、俺のユニークスキル「ドロップＳ」なのだ。

それがドロップしなかったというのは、ちょっとおかしい。

どういう事なんだろうか、もう一回マツタケを持ってきて試すか。

と、そんな事を思っていると。

「え？　どうしたのメラメラ」

アリスが肩に乗っている、フォスフォラスのメラメラに聞き返した。

火の玉、人魂のような見た目のメラメラは、その炎を明滅させた。

それがメラメラの喋《しゃべ》り方なのか……と改めてアリスとメラメラの絆《きずな》を感じていると。

「うそ⁉　あっ、本当だ」

「どうしたアリス」

「リョータ、腕見て腕」

「腕？」

言われた通り腕を見て——驚いた。

「消えてる……」

さっきまで、腕にあった11個の☆は、何事もなかったかのように、綺麗《きれい》さっぱりなくなっていた。

# 302. ラストアタック

「リペティション」

テネシンの外、まだ街が出来ていない荒野。

ネプチューンと、そのネプチューンをハラハラとした様子で見守るリルとラン。

三人の前で、新たに作った俺もどきのハグレモノをリペティションで瞬殺した。

「どうだ」

「だめだね、☆が11のまま。リルとランは？」

「ダメ」

「私も同じだよ」

「だよね」
☆を消すための再チャレンジ。
昨日、俺が俺もどきのハグレモノを倒した事で☆を全部消したから、それをネプチューンに話して、今日は朝から彼のを消す挑戦をしていた。

「これってやっぱり、最悪の可能性ってことか」

実はいくつか考えられる可能性があって、それを順にやっていたのだ。

普通の影のハグレモノを目の前で倒す。

ネプチューンもどきを彼の前で倒す。

俺もどきを新しく作って彼の前で倒す。

そのどれでも、ネプチューン達の☆は消えなかった。

厳密には本人達のもどきを俺が一回ずつ倒しているから、昨日のリセットの12から1減っての11だ。

「キミのは？」

「消えてる」

俺もどきで試すために、俺は再びテネシンに入って、新しい俺もどきを作った。

そうしてまたついた12の☆、カウントダウンは、俺もどきを倒した事でまた消えた。

ネプチューンと向き合い、互いに小さく頷《うなず》く。

ダンジョンの経験値が高い者同士、もうはっきりと条件が分かってしまった。

「つまり、自分の偽者を自分で倒すしかない、って事だね」

「そういうことだな」

「それは困るね」

ネプチューンはあはは、と楽しげに笑った。

「よく笑えるな」

「だって、もう笑うしかない状況じゃない？」

「……まあな」

気持ちは分からないでもない。

そもそも、ネプチューンが俺に助けを求めてきたのは、テネシンのモンスターがネプチューンもどきになって、そいつが自分の才能値の上限まで行ってる強さだから手に負えない、というのが原因だ。

なのに、完全解決するにはその自分もどきを倒さないといけない。

「綺麗《きれい》に振り出しに戻ってきたか」

「ううん、そうでもないよ」

「なに？」

どういうことなのかとネプチューンを見る。

彼はいつもの様にニコニコしていた。

「キミじゃなかったら自分の偽者、そのハグレモノを倒せばいいなんて分からなかった。ハグレモノにする発想もないし、そもそもハグレモノにするために倒すまではいけないからね」

「なるほど」

「だからやっぱりキミのおかげ。キミに救いを求めて正解だったよ。キミじゃなかったら何も解決出来てなかった」

「それはそうとして」

話題をやや強引に引き戻す。

「お前のもどきを倒すぞ」

「うーん、どうしたものかな。倒せるのならそもそもキミに助けを求めてないよ」

「俺がサポートする……チャンスは多分一瞬だけだから、逃すなよ」

「分かった」

ネプチューンは迷いなく即答した。

この辺はやっぱり実力者だ。

ダンジョンに常にいるから、いざって時に一瞬でも迷いが生じたらそれが致命傷になりうることを知っている。

ネプチューンはいつも即断即決。いわゆる「デモデモダッテ」がまったく無い。

俺は黒玉スイカを離れた地面に設置した。

マツタケから変わり、☆のリセットのために変えた、ネプチューンもどきのドロップ品。

ネプチューン達は離れ、俺も離れた。

距離を取って、ネプチューンもどきのハグレモノが孵《かえ》るのを待つ。

しばらくして、黒玉スイカがポン、とハグレモノに――

「いくぞ!」

孵った瞬間、俺は自分に加速弾を撃ち込んだ。

ハグレモノが完全に姿を現わすよりも早く加速する世界に入って、一瞬で踏み込んだ。

二丁拳銃を突きつけて、前もって当たりをつけた所に、これまた大量に用意してきたクズ弾を大量に撃ち込む。

ネプチューンもどきは強い。

最強クラスの冒険者、ネプチューン一家のボス、精霊付き。

その才能限界を実現したネプチューンもどきはダンジョンマスターさえも凌駕《りょうが》する最強クラスのモンスターだ。

だから、念には念を入れた。

ネプチューンもどきの全身に、何があっても直進するクズ弾をびっしり覆うように撃ち込む。

傍から見れば、鉛のプレートアーマーを着込んでいるような見た目。

そのクズ弾の鎧《よろい》に拘束されて、まったく動けないネプチューンもどき。

そして、クズ弾の鎧に一ヵ所だけ穴を開けた。

体の中央、ほぼ心臓に当たる部分。

そこだけ、ぽっかりと穴が開いている。

ネプチューンを見た。

「今だ！」とは言わなかった。

加速中だから届かないし、そもそも言う必要のない男だ。

彼は既に攻撃態勢に入っていた。

リルとランが背後で歌い始め、ネプチューンは二枚の翼を背負い、突進を始める。

俺は苦笑いした。

突進してくる――普通だとメチャクチャ速い踏み込みだが、加速の俺にはゆっくりに見えるネプチューン。だから、その口の動きまではっきりと見えた。

――ありがとう。

「余計だよ」

俺は苦笑いしながら、ネプチューンが一撃でもどきを貫くのを最後まで見守った。

## 303．ダンジョン都市テネシン

夜、屋敷のサロン。

大仕事を終えた俺は久しぶりに、仲間達とのんびり過ごしていた。

エミリー空間。

夜なのにもかかわらず温かくて明るい空間は、そこにいるだけで疲れが癒やされていく。

「お、お疲れ様ですリョータさん」

「エルザか」

「はい、これどうぞ」

「イーナも」

『燕《つばめ》の恩返し』出張組の、親友の二人がやってきた。

イーナからグラスを手渡しで受け取ると、エルザがすかさずビールを注《つ》いできた。

「とと、悪いな」

「ううん。あっ、このビール、リョータさんに前教えてもらった通り冷やしてみたんですけどどうですか？」

「おお？」

言われてみれば確かに、注がれたビールはキンキンに冷えていた。

実のところ、こっちの世界でビールを飲む時は、あまり冷やして飲む習慣はない。

店であれば注文して冷やしてもらうことも出来るが、普通はそのまま飲む。

ビールそのものは美味しいし、ヨーロッパスタイルだと思って半ば諦めてたんだが。

「冷やしてくれたんだ」

「はい！」

「この子、これだけのために魔法の実を買って氷の魔法を覚えた――」

「わー!!　わーわーわー！」

エルザは大声を上げて、イーナの言葉を遮った。

エルザは顔が真《ま》っ赤《か》っ赤《か》で、イーナはいたずらっぽい小悪魔な顔をしている。

「魔法の実？　これのために？」

「うん、氷の魔法が確実に当たるっていう触れ込みのね。そういうのあり得ないのにね」

「そんなこと……」

「そんなことないよー」

エルザが唇を尖《とが》らせて、すねた様な顔で否定しようとしたら、横からアウルムが会話に割り込んできた。

アウルムはニホニウムとミーケに両方抱きついた状態でくっついている。最近このトリオでいる光景をよく見かけるが、ミーケはアウルムといる時は遠慮がちというかアウルムを立てて、ニホニウムはまだ少し塞ぎ込んでるから、会話するのはもっぱらアウルムだ。

そんなアウルムに、首を傾げて聞き返すイーナ。

「そうなの？」

「うん、リョータは分かるよね」

アウルムはそう言って、抱きついてるニホニウムを俺の前に押し出してきた。

当のニホニウムは困った表情で口を閉ざしたままだが……確かに。

「なるほどね」

「そうなのリョータさん？」

「ああ、ニホニウムのおかげでピンポイントに魔法を決め打ちした事がある」

「へえ、じゃああれって、まんざらうそでもなかったんだ」

「うそだよ」

「ふえええ⁉」

アウルムはフォローに入ったかと思えば即ハシゴを外した。

イーナは素っ頓狂な声を張り上げた。

「うそって、今あり得るって言ったばかりだよね」

「あり得るけど、それ出来るのあたし達だけ」

「あー、そういうことか。精霊じゃないただの人間は無理だってことね」

「そゆこと」

アウルムが頷《うなず》くと、エルザも納得するしかなかった。

この世界で精霊の言うことは「絶対」に近い。

神のような強制力があるわけじゃないが、その分説得力がある。

「だってさ。これに懲りて、もうヤバげなものに手を出すのやめなね」

「ヤバげなものなんて別に……」

「窓際に置いてる恋愛成就のおまじない――」

「わー！　わーわーわー」

本日二回目、大声をはり上げて言葉を遮るエルザ。

彼女は涙目で親友のイーナに迫った。

「イーナ！」

「あはははは、ごめんごめん」

「もう……」

ぶすっと頬を膨らませて、そっぽを向いてしまうエルザ。

仕事中は有能でしっかり者だが、時間外だとこんな可愛らしい一面もある。

派遣されてきて、屋敷に住むようになってからそれをよく見るようになって、ちょっと嬉《うれ》しい。

思わず目尻が下がったから、鼻の下まで伸びないように気をつけた。

「低レベル」

「どうしたイヴ」

今度はイヴが話しかけてきた。

自前のうさ耳に、ウサギの着ぐるみ。

彼女の服装は二パターンある。

ダンジョンに行く時の戦闘服、バニースーツ。

そして部屋着となるこのウサギの着ぐるみだ。

自前とフードの二重うさ耳がちょっと面白くて、結構可愛い。

ぴた。

そんなイヴが何の前触れもなく手刀を頭に叩《たた》き込んできた。

「どうしたいきなり」

「ニンジンロス」

「ああ」

「低レベル、ニンジンの再開、いつ？」

「悪かったな、一息ついたから明日また取ってきてやるよ」

「本当？」

「本当だ。それにしても本当にニンジン好きなんだな」

「低レベルと一緒にダンジョンに住みたい」

ほかの女性陣が言ってたらちょっとどきっとする台詞《せりふ》なのだが、イヴに限ってそこに色気は微塵《みじん》もない。

「ナイフ持って無人島に行くみたいな言い方だな」

「……全自動ナイフ？」

「都合がいい！　というかナイフのくだりは否定してくれ」

苦笑いしつつ、エルザが注いでくれたビールを飲む。

「イヴちゃん、キャロットジュース飲むですか？」

「飲む！　たとえ天と地がひっくり返って月と星が太陽に呑《の》み込《こ》まれて尽きてダンジョンが全て死

に絶えてもウサギは絶対に飲む」

「あたしらを殺すなー」

ダンジョンの精霊、ダンジョンそのものとも言えるアウルムが笑いながら抗議した。

「どうぞなのです」

エミリーは穏やかに微笑んだまま、イヴに絞りたてであろうキャロットジュースを渡した。

イヴがニンジンを前にして饒舌《じょうぜつ》になるのも、最初の頃は聞く度に突っ込んでたが、今はもう慣れきってツッコミもなくなった。

少し離れた所でセレストがノートかなんかとにらめっこしているように見えたので、彼女に近づき、肩越しに聞いた。

「なんだそれ」

「ひゃあ！　な、なんだリョータさんだったのね。驚かせないで」

「悪かった。それよりも、何だそれは」

「ノートにまとめてたのよ、リョータさんから聞いたテネシンの情報を」

「ああ、そういえば聞いてきてたっけ」

「ええ、いずれちゃんとまとめたものがあった方がいいと思ったの。私がいる時は聞かれれば答えられるけど」

魔法使いのセレスト。

高レベルの範囲魔法で瞬間殲滅力《せんめつりょく》がファミリートップの彼女だが、それだけではなくダンジョンの知識も高い。

シクロのダンジョンは全て、そのほかも俺が行った事があるダンジョンは全部頭に入ってるという。

　そのセレストが、ダンジョンの知識をまとめている。

　まるで受験ノート、それも学年首席級のすごく分かりやすいノートだ。

「へえ、すごいね。まとめ方がすごく上手い。あっ、テネシンだけじゃないんだね」

「調べれば分かる情報は一通り網羅してるわ」

「そっか、すごいねえ。さすが彼の仲間だ」

「……お前はいつからいた」

　あきれ顔になった俺。

　自然と会話に参加してきたのはネプチューンだった。

　よく見れば彼だけじゃない、$H^2O$仲間のリルとランもいる。

　二人の女は少し離れた所で、エミリーに出してもらったキャロットジュースを飲んでいる。

「あはは、ここっていい所だね。綺麗《きれい》だし、いるだけで落ち着くし。あっ、ありがとうグレート・マム」

「どういたしましてなのです」

　ネプチューン自身もエミリーから飲み物をもらって、お礼を言った。

「なんだ？　そのグレート・マムって」

「彼女の二つ名だよ、知らないの？　リョータファミリーの裏ボス、グレート・マムのエミリーちゃんは超有名人だよ」

「有名人なのは知ってるが……」

エミリーに目を向けると、彼女は恥ずかしそうに苦笑いした。

本人は知ってたみたいだ。

「その二つ名は初めて聞いたな」

「でもぴったりでしょ」

「そうだな」

俺ははっきりと頷いた。

この屋敷、いやエミリーが手入れして維持してる空間はいつも温かくて、明るくて、冗談抜きで神殿の様なやすらかな波動を放つ。

彼女がその名前で呼ばれるのは納得しかない。

むしろゴッド・マムでもいいくらいだ。

「素敵な所だし、すごい所だよね、ここ」

「すごい？」

「キミを筆頭に冒険者のみんながすごいのはもちろん、精霊が二人もいるのはちょっと信じられないよ」

「違うよー」

離れた所で、仲間のモンスター達と遊んでいたアリスがやってきた。

「違うって？」

「メラメラも」

「うん？」

アリスが手に乗せて差し出したメラメラを見て、小首を傾げるネプチューン。

「メラメラもなんだよ」

「……ふむ？」

「そいつフォスフォラスなんだよ」

「……ああ」

ネプチューンはポン、と手を打った。

「アリス・フォスフォラスの事は知ってたけど、精霊がそんな見た目になってるのは知らなかった」

「生まれた時からずっといたかってくらい仲がいいぜ」

「みたいだね」

「リョータのおかげだよ。ねーメラメラ」

メラメラは炎の輝きを増して、肯定の意味がはっきり読み取れる。

「いやはや、ますますすごい」

そう話すネプチューン、表情に何か含みがあった。

その表情に見覚えがあったので、聞いてみた。

「どうした、また何かあったか」

「あはは、キミの目は誤魔化せないね。いやたいしたことではないんだけどね。ちょっと提案したいことがあってさ」

「提案？」

「うん、色々とさ、複合的に考えて、キミにしか出来ない提案。実現も含めてね」

「その持ち上げ方が怖いな」

「大丈夫、今回は危険はないよ。それは約束する」

「それがますます怖いんだが……なんだ？」

「テネシンを買わないかい？　僕と二人で」

瞬間、サロンの中が静まりかえった。

俺の仲間もネプチューンの仲間も、揃《そろ》って口を閉ざして、俺たちを見つめた。

ちなみに一人だけ興味なさそうなのがいた。イヴだ。

「何があった」

「僕の依頼主が報告を聞いた後、人柱を立てるやり方をえらんだんだよ」

「……まじかよ」

人柱。

その言葉で、すぐに何がどうなるのか理解した。

テネシンの謎を解いたのは俺だからだ。

いや、俺だからだ。

ブラック企業の社畜、その上位互換が今回の「人柱」だ。

「で、それはさすがにねーって事で。止めるには、こりゃテネシンそのものを買っちゃうしかないなって思ってさ」

「なるほど」

俺は少し考えた。

仲間達が見守る中、考えた。

ふと、イヴの姿が目に入った。

さっきの彼女との会話を思い出す。

その会話が、一つの可能性を思いつかせてくれた。

その可能性を現実的なところに落とし込んで、少し考える。

「どうかな」

「それよりも」

「うん？」

「街、作ろうぜ」

「街？」

「ああ、テネシンの中に街を」

よほど予想外の答えだったのだろうか。

ネプチューンは唖然《あぜん》とした。

しばらくしてから、いつもの彼の笑顔に戻り。

「キミはやっぱりすごい人だよ」

と、言ってきた。

「そんな話聞いたことがない、いや、考えたことすらないよ」

「そうなのか」

「でも……いいね」

ネプチューンは笑顔のままで、乗り気な感じで言ってきた。

「キミと僕が手を組めば、きっとなんだって出来る」

そう言って、彼は手を差し出してきた。

俺はその手を握った。

俺のファミリー、そしてネプチューンのファミリー。

それが手を取り合ったら――と。

頭の中に明るい未来が広がっていくのだった。

人は小説を書く、小説が書くのは人。

皆様初めまして、あるいはお久しぶり。
台湾人ライトノベル作家の三木なずなでございます。
『レベル1だけどユニークスキルで最強です』第九巻を手に取っていただきまして、誠にありがとうございます。

皆様、アニメはもう見ていただいていますでしょうか。(2ヵ月連続2回目)
前回のあとがきを書いている時は放送一ヵ月前で、実物は見ておりません。
今回は放送中という事もあって、このあとがきはアニメを再生しながら書いております。
そうして改めて、最高のスタッフの手で最高のアニメにして頂けたのだなと、作品の、ひいては私自身の幸せをかみしめております。

これはひいき目から来るものではないという証拠に、各動画配信サイトでは常にランキング上位で、毎週のように1位を頂いているサイトもございます。
客観的にも多くの方に楽しんで頂いてるアニメだと思いますので、まだの方は是非本書の後にでも一度ご覧になっていただけますと幸いです。

最後に謝辞です。

今回も素晴らしいイラストを描いてくださったすばち様。
いつもの拙い文章をまとめてくださった担当編集K様。
九巻までを刊行させてくださったKラノベブックス編集部様。
本書を置いてくださった書店様、手に取ってくださった読者の皆様。
本作に携わって下さった皆様に、心より厚く御礼申し上げます。

次をお届け出来る日が訪れる事を祈りつつ、筆を置かせていただきます。

二〇二三年八月某日　なずな　拝

Kラノベブックス

# レベル1だけどユニークスキルで最強《さいきょう》です9

三《み》木《き》なずな

2023年8月30日第1刷発行

| | |
|---|---|
| 発行者 | 森田浩章 |
| 発行所 | 株式会社 講談社<br>〒112-8001　東京都文京区音羽2-12-21 |
| 電　話 | 出版　(03)5395-3715<br>販売　(03)5395-3605<br>業務　(03)5395-3603 |
| デザイン | ムシカゴグラフィクス |
| 本文データ制作 | 講談社デジタル製作 |
| 印刷所 | 株式会社KPSプロダクツ |
| 製本所 | 株式会社フォーネット社 |

KODANSHA



ISBN978-4-06-533306-8　N.D.C.913　321p　19cm
定価はカバーに表示してあります



ファンレター、
作品のご感想を
お待ちしています。

あて先
〒112-8001　東京都文京区音羽2-12-21
(株) 講談社　ライトノベル出版部 気付
「三木なずな先生」係
「すばち先生」係

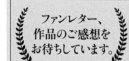